W0316398

LE MARI DE LA HARPISTE

DU MÊME AUTEUR

ROMANS

Caramelle,
Éditions Bernard Barrault, 1989

Au Petit Marguery,
Éditions Bernard Barrault, 1991

Le Roman des quarks,
Éditions Julliard, 1995

La Paresse de Dieu,
Éditions Julliard, 1998,
Grand Prix de littérature policière

Je ne veux pas être là,
Éditions Julliard, 2006

Le jour où j'ai voté pour Chirac,
Éditions Julliard, 2007

Le Tournevis infiniment petit,
Éditions Julliard, 2008

SMS,
Éditions Julliard, 2009

Mon pire ennemi est sous mon chapeau,
Éditions Julliard, 2012,
prix Albert-Bichot

J'ai sauvé la vie d'une star d'Hollywood,
Éditions Julliard, 2014

Naissance d'un père,
Éditions Julliard, 2016

La Part des anges,
Éditions Julliard, 2017,
prix de l'Académie Rabelais

THÉÂTRE

Les Femmes de la Petite Couronne,
Éditions Lansman, 1995

LAURENT BÉNÉGUI

LE MARI DE LA HARPISTE

roman

Julliard

© Éditions Julliard, Paris, 2019
ISBN : 978-2-260-03015-7
Dépôt légal : février 2019

« Souvent, évoquer une personne que l'on aime est la version timbre-poste de se tenir à côté d'elle. »

Jérôme Attal,
Les Jonquilles de Green Park

À tous les brodeurs de notes

À ceux qui pensent que la harpe est l'instrument des anges, je répondrai qu'ils ne connaissent pas ma femme. Notre histoire d'amour a débuté un soir de 14 Juillet chez une actrice dont personne ne se souvient jamais du nom, son agent pas plus que les autres. La fête se déroulait dans un appartement de Belleville, livré à une horde de trentenaires qu'un morceau de *metal* et pas mal de verres d'alcool avaient conduite au bord du gouffre. Parmi les danseurs qui s'agitaient sur la piste comme une poignée de grains de maïs jetée dans une poêle brûlante, je repérai un rouleau de cheveux blonds qui surgit de la masse confuse, se brisa, pour réapparaître la seconde d'après, et recommencer. Étant donné la cadence, je ne donnais pas cher du cerveau logé sous cette chevelure et me dirigeai vers le bar pour prendre soin du mien. Depuis peu, j'avais pris la décision de ne plus tomber amoureux, comme on se désintoxique du tabac, à la rude, sans patch ni groupe de soutien, mais un petit verre de temps en temps n'était pas superflu. Certains de mes amis semblaient soulagés d'un poids depuis qu'ils pratiquaient la séduction par clics et les ruptures par SMS et je me demandais si je n'allais pas, moi aussi, m'inscrire sur un site de rencontres éphémères. Autant l'avouer, cette hypothèse s'évanouit aussitôt lorsque, à l'occasion d'un mouvement glissant des corps, j'entraperçus la jeune femme à la crinière blonde. Je détaillai ses longues jambes de craie à la manœuvre depuis le refuge modeste d'une mini-jupe, l'ondulation de ses épaules en sueur, les pointes de ses seins sous le tissu de son débardeur. Hypnotisé par le mouvement métronomique de sa chevelure, je voyais peu à peu l'harmonie percer sous la sauvagerie. Tout, dans son attitude, laissait supposer qu'elle n'entendait pas la même musique que les autres. Les chanteurs qui pratiquent le *screaming* finissent par causer des dommages irréversibles à leurs cordes vocales. Les plus acharnés d'entre eux se recyclent à la batterie et épuisent leur rage en frappant des peaux synthétiques jusqu'à ce que les os de leurs poignets se disloquent. Eh bien, je suis certain que ces colosses, plus habitués à grogner qu'à susurrer, s'ils avaient vu ma femme à cet instant, ou plutôt celle qui allait le devenir, auraient sangloté de gratitude. Elle avait su dénicher la mélodie au milieu des hurlements, percevoir la composition sous les coups de boutoir. Insensiblement, par la seule grâce de sa danse, elle révélait la musique au sein du salmigondis bruyant, comme on débusque un cèpe sous les feuilles d'automne. Au dernier écrasement de baguettes sur la caisse claire, le morceau s'acheva dans un beuglement humide que tout le monde se mit à imiter. Si la population de l'immeuble n'avait pas déjà entièrement détalé, les derniers résidents ne doutèrent plus qu'une tribu barbare s'était établie au troisième étage.

La jeune femme avança droit sur moi, le regard vague, et ne parut s'apercevoir de ma présence qu'au dernier moment, bifurquant et attrapant une bouteille d'eau sur le buffet. Elle approcha le goulot de ses lèvres et se campa devant la fenêtre pour ingurgiter un demi litre sans reprendre son souffle. J'observai sa gorge onduler au passage du liquide, sa silhouette qui vibrait dans le contre-jour de la lune, comme encore animée du souvenir de sa danse. J'avais séjourné à Rome sans qu'aucune fontaine du Capitole ne m'ait offert d'approcher pareille nymphe. Lorsqu'elle reposa la bouteille, nos regards se croisèrent. Je peinai à distinguer la couleur de ses yeux, mais l'entêtement avec lequel j'essayai de discerner le gris du vert suscita chez elle un sourire.

— Bonsoir, tentai-je. Je vous regardais sur la piste, vous avez un bon sens du rythme.

J'ignore s'il existe une phrase plus tarte dans le registre des dragueurs de soirée, pourtant je n'avais trouvé que ça à dire. Heureusement, la jeune femme me fit signe qu'elle n'avait pas entendu. Une samba résonnait maintenant à plein volume, aimantant sur la piste quelques couples en mal de chaloupé.

— Bonsoir ! relançai-je, en forçant la voix, à la recherche d'une façon plus habile de l'aborder. Alors vous aussi, vous connaissez... (Le nom de l'actrice chez qui nous nous trouvions m'échappait une nouvelle fois.) Je l'ai vue l'autre soir, dans ce film à la télévision, là... Elle était vraiment formidable, mais je ne me souviens plus du titre du film, non plus.

Il y a des soirs comme ça, où tout vous fuit. La jeune femme m'interrompit d'un geste, puis se farfouilla les oreilles jusqu'à en extraire un limaçon rose fluo.

— Pardon, dit-elle, c'est pour me protéger. Le son est très puissant ! Vous disiez ?

Je lui signifiai que c'était sans importance, tandis qu'elle attrapait un écrin dans la poche arrière de sa mini-jupe et y remisait les bouchons.

— Ils sont faits sur mesure, j'y fais attention, c'est le genre de petites choses qu'on oublie un peu partout.

Je préférais rester dans l'ignorance des événements qui vous poussent à laisser vos bouchons d'oreilles n'importe où, et la regardais saisir une seconde bouteille pour la vider avec la même efficacité que la précédente. Quand elle l'eut reposée, j'embrayai :

— Comment ça, sur mesure ?

— Ceux-là filtrent vingt décibels. Je suis musicienne, si je ne prends pas de précautions, je serai sourde avant l'âge. En orchestre, j'ai le piccolo juste derrière moi, vous voyez ce que c'est ?

— La sorte de petite flûte, là ?

Comme le volume de la musique était carabiné, nous étions obligés de nous rapprocher et je profitais de ses effluves de fleur blanche. Si cela n'avait tenu qu'à moi, j'aurais demandé au type de la sono de pousser le curseur jusqu'à la butée.

— Oui, hyper aiguë ! acquiesça-t-elle. C'est le pire instrument du monde. Dans une formation, il n'est là que pour vriller les tympans de ses collègues. Les compositeurs qui n'écrivent aucune partition pour le piccolo, je leur voue une reconnaissance éternelle !

— Dites donc, vous ne les aimez vraiment pas.

— Est-ce que Wagner s'embarrassait d'un piccolo ?

Je n'en n'avais pas la moindre idée. J'étais vaguement au courant d'une tétralogie, et, comme beaucoup, j'associais le compositeur à la bande originale d'*Apocalypse Now*. Alors, ses chouchous dans l'orchestre…

— À quoi bon ? poursuivit-elle. Lorsqu'on a à sa disposition une demi-douzaine de timbales et des grosses caisses.

Là, tout se mit en place. Cette jeune femme au physique ultra-tonique, son appétence pour le *metal*, sa régularité métronomique.

— C'est ça ! C'est ce dont vous jouez ! glapis-je.

— Quoi ?

— Des percussions !

— Ah pas du tout, non, je suis harpiste.

— Harpiste ?

— Pourquoi ? Je n'en ai pas l'air ?

— Si, si. Enfin non. Je ne sais pas. Je n'ai pas d'a priori dans ce domaine.

— Je suis blonde. En général on pense qu'il faut l'être.

— N'empêche, j'aurais imaginé un look plus classique. Enfin, après tout, ce n'est pas un instrument très répandu.

— En général, dans un orchestre, vingt-quatre violons pour une harpe. Avec un peu de chance, une deuxième.

— Pas évident pour monter un syndicat, répliquai-je.

Elle me sourit poliment et laissa son regard, d'un vert profond finalement, dériver en direction du DJ. J'y devinai un appel muet en faveur du retour à une musique qui secoue. Peut-être était-elle lasse de notre échange, comme un pompier qu'on interroge pour la millième fois sur la hauteur de la grande échelle, mais une intuition, du genre de celles que je m'étais pourtant juré de ne plus suivre, me poussait à continuer.

— Ça fait longtemps que vous en jouez ?

— J'ai commencé à l'âge six ans.

— Ah, quand même.

— Vu la taille, c'est compliqué de débuter plus tôt. Au début, on joue sur des celtiques, puis des harpes d'étude.

— C'est vraiment grand ? Je ne me rends pas compte.

— Oui, la harpe de concert me dépasse, et elle est presque aussi lourde que moi. Je m'appelle Charlie, ajouta-t-elle en me tendant la main.

— Basile, répondis-je.

C'est à cet instant que je suis tombé amoureux. Une fille qui se prénomme Charlie vous fait oublier vos grands principes sur les cœurs claquemurés, les rapports sexuels sans lendemain et ce genre de conneries. Je mentirais en disant qu'à ce stade, l'éventualité d'un rapprochement intime était pour me déplaire, toutefois je pressentais la richesse de cette jeune femme, telle une mine d'or à ciel ouvert dont on voit les veines affleurer.

— Et pourquoi la harpe ?

— Un moment, j'ai hésité avec le violoncelle.

— Ce n'est pas vraiment pareil.

— Dans les deux cas, tu as un gros instrument qui vibre entre tes jambes. C'est ce que j'aime.

En d'autres circonstances, j'aurais pu penser qu'un type mal intentionné avait versé du Rohypnol dans sa bouteille, mais une prémonition me détourna de l'idée qu'il s'agissait d'une invitation ultra-cash. Aujourd'hui je sais qu'en Charlie cohabitent une spontanéité dénuée de tout calcul qui peut la conduire à balancer les phrases les plus crues avec la naïveté d'un enfant, et un soubassement de névroses bien enfouies, qui l'empêche parfois d'énoncer les choses les plus élémentaires. Ce mille-feuille complexe me prend toujours au dépourvu, des années après notre rencontre et me fait l'aimer sans réserve : une couche d'abandon, une couche de retenue, et ainsi de suite, à la manière des vernis de luthier cent fois appliqués et poncés, qui, seuls, font entendre l'âme du bois. Et la vulgarité, proscrite de son langage. Si Charlie avait déclaré qu'elle aimait avoir un gros instrument qui vibre entre ses jambes, l'expression devait être prise à la lettre. Il faut l'avoir vue faire corps avec sa harpe, avoir observé ses doigts parcourir les cordes avec une vélocité d'oiseau-mouche, pour mesurer sa pleine sincérité. Lorsque Charlie joue, yeux mi-clos, balançant doucement son instrument d'avant en arrière, la caisse de résonnance enchâssée entre ses cuisses, tout son être résonne à l'unisson du puissant instrument. Et on comprend qu'elle aime cette vibration. Car nous l'aimons tous. Depuis qu'au fond de la poche, dans le ventre de notre mère, nous avons découvert le monde à travers ses battements.

Finalement, ce fut l'honnêteté de cette remarque sur les gros instruments qui précipita mon retour dans le peuple des amoureux. Mais sur l'instant, je n'en eus pas conscience. Quant à Charlie, à ce stade, je ne pense pas qu'elle ressentait quoi que ce soit à mon égard. Nous étions deux poissons ferrés par la même ligne, sauf que le pêcheur n'était pas encore arrivé au bord de la rivière. Je me demande même si nous nagions dans le même courant.

— Je n'avais pas vu les choses comme ça, murmurai-je, songeur, au moment où le DJ relança un morceau de *metal*.

— Black Sabbath, j'adore ! se réjouit-elle. Tu viens ?

Je préférais la regarder et lui signifiai d'y aller sans moi. De toute façon, elle avait remis ses bouchons d'oreilles et n'aurait pas entendu ma réponse.

Quelques secondes plus tard, Garance, une ancienne fiancée, rappliqua avec un sourire trop beau pour être sincère.

— Ah Basile, c'est chouette que tu sois venu ! s'exclama-t-elle, en se forçant à claquer deux bises sur mes joues.

— Oui, y a une bonne ambiance.

— J'ai vu ça, tu as fait une rencontre, on dirait.

— C'est une question ?

— Tu sais ce que Cédric raconte sur cette fille ? enchaîna-t-elle.

— Qui ? répondis-je, faussement détaché, en me resservant un verre.

— Charlie, là... Tu crois que je n'ai pas remarqué ton petit jeu ?

— Je ne vois pas de quoi tu parles. En revanche, je veux bien entendre ce que dit Cédric.

— Qu'elle a joué de la harpe, nue, pour lui.

J'avais du mal à me figurer la scène. Pas à cause de la nudité, plutôt à cause de l'instrument. À mon âge, j'avais vu un certain nombre de femmes nues mais jamais de harpe.

— C'est dégueulasse, finis-je par lâcher.

— Ce n'est pas ce qu'il avait l'air de penser.

— Non, de balancer un truc pareil. C'est super intime. Ils sont ensemble ou quoi ?

— L'année dernière, maintenant, c'est fini. C'est une copine de Val.

— Val ?

— Ben Valérie, la fille chez qui on est.

— Ah oui, bien sûr ! De toute façon, c'est un mytho, Cédric. Il va se balader place du Tertre et après il te raconte qu'il a fait l'ascension du Tourmalet.

— En tout cas, d'après lui, elle joue bien de la harpe.

— Je ne sais pas, je n'y connais rien.

— Excuse-moi, je ne voulais pas te casser le fun.

Garance excellait dans le largage de perfidie à haute altitude. Au début, on ne voit rien. Puis on repère une petite tache dans le ciel et, lorsque le parachute se déploie, on s'aperçoit que c'est volumineux, mais ce n'est qu'au moment où le colis se pose dans son jardin qu'on comprend qu'il s'agit d'une tonne de fumier. Je n'aimais pas Cédric, un quadragénaire au visage poupin, ravagé par une maladie de peau, soi-disant rédacteur de discours politiques, pseudo-concepteur en pub, auteur de biographies sur lesquelles son nom n'apparaissait jamais, et qui demeurait dans un appartement de quatre cents mètres carrés meublé Empire. Un escroc qui prétendait vivre de sa plume, mais n'avait jamais rien écrit de plus long qu'un tweet. L'idée qu'il ait posé ses paumes moites sur Charlie me révulsait. J'étais sûr qu'il s'était entiché d'elle juste parce que la harpe s'accordait à son mobilier.

Une fois son venin distillé, mon ex fonça en direction d'un type à l'allure résolument branchée, qui venait d'apparaître dans la fête. Elle se jeta à son cou et disparut dans ses poils de barbe. Quant à moi, je traînai les pieds vers la porte de sortie, en me reprochant d'avoir interrompu ma cure d'isolement. Dès mon retour, j'allais me créer un profil Internet aux petits oignons.

— Basile, attends !

À tout hasard, je me retournai. Charlie se tenait face à moi. Je flairai le coup monté, jetai un œil par-dessus son épaule, histoire de repérer où Garance se planquait avec la caméra. Je l'entrevis à l'autre bout de la pièce, trop occupée à épiler son hipster avec les dents. Ce n'était pas un piège.

— Tu t'en vas ? demanda Charlie.

— Euh… oui, j'ai du travail.

— Pardon, on n'a parlé que de moi, poursuivit-elle, je suis désolée. Et toi, tu fais quoi dans la vie ?

— Je suis horticulteur.

— Ah, d'accord. Et tu as du boulot, maintenant, un 14 Juillet, à presque minuit ?

— C'est un peu long à expliquer.

— Écoute, je te donne mon numéro. Comme ça, si tu as envie de me parler des fleurs qui vivent la nuit, tu m'appelles. Un jour où tu es moins occupé.

À l'automne, je découvris que la belle musicienne demeurait dans un minuscule deux-pièces au pied de la butte Montmartre, où elle hébergeait ses six enfants. Avec Charlie, l'existence se déroule quelques centimètres à côté du réel et il n'est pas rare de se croire dans un conte des frères Grimm. Enfoncés Boucles d'or, les trois bols, les trois chaises et les trois lits. Dans la modeste hutte de Charlie cohabitaient une demi-douzaine de harpes, si bien qu'il était difficile de se rendre aux toilettes ou d'ouvrir le frigo sans en croiser une. Dès ma première visite dans l'appartement, j'eus droit à une présentation en règle de la famille, ce qui de mon point de vue augurait une évolution favorable de notre relation. J'avais traîné pour rappeler Charlie durant l'été, passant pas mal d'heures sur mon canapé à scruter mon portable, comme si, quelque part sur une chaîne de montage en Asie, un ouvrier avait pu y glisser la recette du bonheur. Enfin, je lui avais laissé un message auquel un texto n'avait pas tardé à faire écho : « Suis à un stage d'improvisation non idiomatique à Barcelone.

Te rappelle à la rentrée. » Ma curiosité aiguisée, j'avais déniché sur le Net une vidéo où l'on pouvait voir des musiciens torturer leurs instruments et leur arracher des plaintes abominables. Le plus surprenant était que trois cents personnes avaient liké et posté des commentaires dithyrambiques. Il y était question de recherche musicale évoluée. Pour moi, c'était le camp de Guantánamo adapté à l'orchestre, mais je ne mesurais pas à quel point j'avais à progresser dans la compréhension de ces gens-là. Je ne peux pas dire qu'avec le temps je sois devenu fan de l'improvisation non idiomatique, cependant, j'ai atteint une neutralité bienveillante, qui est le stade juste avant la sagesse. C'était l'été de la canicule, je buvais pas mal de gin et il m'arrivait d'imaginer Charlie, dévêtue, en train de supplicier son instrument, face à un public de Catalans aux yeux de braise et au souffle court. Heureusement, août est le mois du palissage des rosiers remontants et chaque épine qui me transperçait la peau m'aidait à reprendre contact avec la réalité. À son retour, elle me rappela, et nous nous vîmes quelques fois au cinéma, puis dans des bars. Nos bras s'y frôlèrent, ma main s'arrêta à une ou deux reprises sur son épaule et je n'aimais rien tant que la laisser passer devant moi, non par galanterie, mais pour la guider par la taille lorsque nous franchissions une porte. Charlie se laissait faire, et j'acceptai sa première invitation à dîner, à laquelle je me rendis, chargé d'une monumentale gerbe de roses anciennes, originaires de Chine.

— Bonjour, tu vas bien ? lançai-je, en arrivant chez elle.

— Oh, qu'elles sont belles, merci !

Elle me tendit la joue, mêlant son parfum à celui du bouquet. Je l'embrassai, mais elle ne me rendit pas la pareille, hésitante, le regard démesurément lointain, alors que nous nous trouvions sur le palier du premier étage.

— Tu n'aimes pas les roses ?

— Comment ?

— Tu es allergique, lâchai-je.

J'étais imprégné de pollens de toutes sortes. Si, dans une cinquantaine de siècles, des archéologues trouvent ma momie, ils n'auront aucun mal à identifier une grande partie de la flore européenne du troisième millénaire. Donc, si Charlie était allergique, nous allions être confrontés à un obstacle insurmontable.

— Non, non. Pas du tout. C'est super gentil, j'adore les fleurs, finit-elle par répondre. Surtout les blanches. Je pensais à ta question.

— Je t'ai posé une question ?

— Tu m'as demandé si ça allait.

— Ah oui, absolument.

— Eh bien, ça va, je crois. Je suis contente que tu sois venu.

— Tant mieux, moi aussi.

Elle me rendit ma bise et m'invita à passer devant elle, posant sa main sur ma hanche.

Charlie est la seule personne que je connaisse qui réfléchit avant de répondre à la question, le plus souvent énoncée machinalement, de savoir comment on va. D'une manière générale, elle ne parle jamais à la légère. Elle est d'une nature pondérée. Sauf en cas de hard rock. Ou si on l'embête au sujet de la harpe.

En deux pas, je parvins à l'orée de la pièce principale, et saisis que nous n'étions pas seuls.

— Houlà ! lançai-je, impressionné.

La grande harpe trônait au centre du séjour. Un triangle haut de deux mètres, formé d'une colonne verticale, poursuivie par une console en forme de S allongé. À quarante-cinq degrés, la caisse de résonnance, fermée par une table d'harmonie d'un bois de miel, unissait l'extrémité de la console au bas de la colonne. Au centre, des dizaines de cordes colorées découpaient la lumière du jour et la déposaient en rais minuscules sur le parquet.

— C'est ma harpe de concert, confia Charlie, la voix empreinte du doux émerveillement d'une mère. Tu veux la voir ?

Difficile de faire autrement. Flanquée d'un tabouret et d'un pupitre à partitions, elle occupait quasiment tout l'espace, concédant aux humains le coin cuisine, repérable à un bol de cacahuètes salées.

— Je répétais, je n'ai pas vraiment eu le temps de préparer le dîner, s'excusa-t-elle en se dirigeant vers la harpe. Mais j'ai du blanc de poulet dans le frigo.

À vrai dire, Charlie répète sans arrêt et n'a jamais le temps de préparer quoi que ce soit. Du coup, il n'est pas rare que l'acte le plus quotidien vire au happening intégral. En matière de cuisine, par exemple, on n'est jamais à l'abri de son fameux blanc de poulet, découpé aux ciseaux au dernier moment, et assaisonné à rien. Pour comprendre, il faut savoir qu'elle s'astreint à jouer trois ou quatre heures par jour, ce qui laisse peu de temps pour le reste. Sinon elle perd ses doigts, dit-elle. Heureusement, elle en a dix. Certes, je l'ai vue, de temps à autre, s'accorder une dérogation. Les vacances sont, à cet égard, un tourment absolu, mais j'y reviendrai.

La grande harpe nous dominait d'une tête et ses cordes émirent un bruissement à notre approche, comme les branches d'un chêne dans une clairière. Une résonance sourde et amicale qui incitait au respect.

— C'est incroyable, murmurai-je, il y a combien de cordes ?

— Quarante-sept, sur sept octaves. Les rouges, ce sont les *do* et les bleues, les *fa*.

— Et ça ? m'informai-je en repérant une série d'excroissances cuivrées de part et d'autre du socle.

— Des pédales, il y en a sept. Une par note, précisa-t-elle. C'est pour obtenir les altérations. Tu vois, si j'actionne celle-ci, le mouvement est transmis par un système de tringlerie qui remonte par la colonne jusqu'aux fourchettes, au sommet de chaque corde. Par exemple la pédale de *la* fait bouger toutes les cordes de *la*... sur les sept octaves. J'appuie, ça tend la corde et le son devient plus aigu (elle pinça une corde) : *la* dièse... je relâche une fois (elle joua) : *la* naturel. Je relâche une fois encore et j'entends le demi-ton en dessous (elle recommença une troisième fois) : *la* bémol. Comme ça, on peut jouer trois notes par corde.

J'acquiesçai, impressionné. Je n'étais pas certain de connaître le bon usage des dièses et des bémols, mais je venais de comprendre qu'avec plus de cent trente notes disponibles sur une harpe, les pianistes pouvaient aller se rhabiller. Quant aux guitaristes, s'ils voulaient rivaliser, ils allaient devoir s'acheter des doigts.

— Je te fais écouter ?

Avec un sourire espiègle, Charlie n'attendit pas ma réponse. Elle prit place sur le tabouret et fit basculer la harpe contre son buste. Un instant j'eus peur qu'elle soit écrasée, pourtant, en voyant ses mains prendre possession du gril de cordes, ses pieds enclencher ou relâcher les pédales, comme un motard passerait plusieurs vitesses à la fois, je fus assez vite rassuré sur sa maîtrise de l'engin. J'entendis pour la première fois résonner une harpe, les vitres de la petite pièce tremblèrent et je ressentis le déplacement de l'air.

— Waouh ! fis-je, lorsqu'elle s'arrêta et étouffa le son en plaquant ses mains de part et d'autre des cordes. C'est dingue, la puissance ! Pas besoin d'un ampli.

— Ça existe, des harpes électrifiées, mais je suis un peu de la vieille école.

J'étais comme un gosse.

— Je peux essayer ? Juste pour me rendre compte.

— Il faut que tu te laves les mains.

— Pardon ?

— Quand on touche les cordes on dépose du gras et de la poussière. À force, ça modifie le son. Le robinet est derrière la celtique.

Tout à ma découverte de son aînée, je n'avais pas remarqué cette harpe en arrivant. Elle m'arrivait à la poitrine et barrait l'entrée du coin cuisine.

— Je ne peux pas passer. Je la déplace moi-même ? hésitai-je.

— Non, non. J'arrive. J'ai un petit problème de place…

Elle se précipita, glissa la main dans une des ouïes à l'arrière de la caisse et empoigna la colonne de l'autre, soulevant l'instrument pour me permettre de passer. Voyant le socle, je constatai que la harpe celtique n'avait pas de pédales et fis le type qui avait tout compris.

— Pas de bémol ou de dièse avec celle-ci.

— Si, évidemment. Mais c'est un autre système. Il y a un crochet au sommet de chaque corde, et tu le tends ou tu le relâches à la main, directement sur la corde en question.

— En jouant ?

— Oui, répondit-elle en souriant. Il faut anticiper. Pendant que tu joues d'une main, tu places l'autre, et on prépositionne les leviers, en fonction de la partition. Enfin, ça correspond à un répertoire précis.

— Genre Alan Stivell.

— Entre autres... Il y a moins de cordes quand même. Seulement trente-quatre sur celle-ci. (Elle désigna l'évier.) Tu frottes bien tes mains avec du savon, s'il te plaît.

Je m'exécutai avec une attention qui aurait comblé ma mère lorsque j'étais enfant. Je trouvais Charlie si différente de toutes les femmes que j'avais pu rencontrer, et, en réalité, totalement particulière, que je me demandais ce qui, en retour, lui plaisait chez moi. Heureusement, les relations promises à durer n'apportent aucune réponse satisfaisante à cette question. La lassitude commence le jour où on comprend exactement pourquoi on s'est unis.

— Pardon, tu dois me trouver bizarre, dit-elle, faisant écho à mes pensées.

— Pas du tout, répondis-je, prudemment.

— C'est petit ici et ce n'est pas évident de s'organiser avec toutes les harpes. Parfois, j'ai l'impression d'être une vieille qui vit avec ses chats.

— Parce qu'il y en a d'autres ?

— Quatre encore.

— Quatre ?

— Oui, je les ai entreposées dans la chambre, confessa-t-elle, penaude.

Charlie ouvrit la porte de la petite pièce qui donnait sur le couloir et je rencontrai le reste de la famille : petite harpe et bébé harpe, couchés bien sagement sur le lit, et de part et d'autre, leurs deux cousines, d'allures assez différentes. L'une faite à partir d'une calebasse, et l'autre richement décorée de motifs colorés.

— Sur le lit, c'est la harpe troubadour et la harpe de barde. À côté, une kora… et l'autre, là, c'est une harpe péruvienne.

— Ah, oui, quand même.

— Écoute, si tu veux, reprit-elle avec une moue embarrassée, c'est un peu gênant, mais… enfin, on peut aller à l'hôtel.

Six mois après notre rencontre, j'étais dingue de Charlie et je n'en revenais toujours pas. À l'occasion des vacances de printemps, elle me proposa de passer une semaine dans une station des Alpes où un collègue saxophoniste lui prêtait un studio. Charlie raffole du ski. Pas autant que de la harpe, mais c'est sa deuxième passion. Je me suis demandé si cela avait un rapport avec la matière noble des arbres, si le contact de la fibre lui procurait un sentiment bienfaisant d'enracinement. Si cela avait été le cas, on se serait plutôt attendu à la trouver dans l'orchestre du côté des bois, soufflant dans une clarinette ou un basson. Et puis il y a belle lurette que les planches de ski sont en matériau composite. Les deux n'étaient pas liés, mais j'éprouvais un besoin aigu de définir cette femme, vraisemblablement dans le seul but de cerner mon propre égarement amoureux. J'acceptai l'invitation, emballé. La perspective de la côtoyer sept journées et sept nuits d'affilée, sans pause ni séparation, m'encouragea à surmonter mon absence d'entrain pour les sports d'hiver. J'y ai tout le temps froid. Les chaussures de ski me blessent. Mes lunettes s'embuent constamment. Après trois descentes, mes orteils sont congelés. Le fâcheux qui percute un groupe de skieurs à l'arrêt, c'est moi. Le type dont les lèvres se crevassent le premier jour, encore moi. Celui qui paume ses gants sur le télésiège, toujours moi. Mais si Charlie m'avait proposé un séjour en enfer, je me serais précipité pour acheter une fourche.

Février est le dernier mois pour la taille des arbres. Ensuite, la sève remonte à mesure que l'air s'adoucit. Je travaillai donc avec acharnement dans les jardins de mes clients et nous embarquâmes un samedi aux aurores, dans sa Renault Clio. Nous, c'est-à-dire : Charlie, moi-même, et la grande harpe. Charlie avait un concert à la fin du mois et il n'était pas envisageable qu'elle lâche les cordes plus de quelques heures. Le contact avec le boyau, ou l'acier pour les notes les plus graves, endurcit la pulpe des doigts de la harpiste. Ça ne se remarque pas au premier abord. À peine distingue-t-on à leur extrémité un renflement ambré que l'on peut attribuer à une tabagie déraisonnable. En fait, il s'agit d'une épaisseur de corne protectrice qui apparaît et s'entretient par l'exercice. Lorsqu'une harpiste ne joue pas, les durillons s'amollissent en quelques jours et elle se blesse sur les cordes. J'ai vu à plusieurs reprises des ampoules enflammées se former au bout de ses doigts. Elle affirme qu'en sus, ces callosités jouent un rôle dans le timbre, que l'instrument sonne mieux frotté par une couenne de rhinocéros que par une peau de bébé. Mais attention, passé une certaine épaisseur, la surabondance de corne prive le son de nuances. Il n'y a alors pas d'autre solution que de poncer. Charlie n'étant pas du genre à s'embarrasser d'une lime à ongles, elle a toujours une feuille de papier de verre dans son sac et je l'ai vue user d'une ponceuse électrique un jour où elle n'avait pas le temps de faire dans le détail. Je dois confesser que le contact des durillons sur son propre épiderme est surprenant. Comme si un gang de coccinelles vous avait choisi pour se frotter le dos. Rapidement, je m'étais habitué à ses caresses et l'avais laissée jouer de moi, tendre avec ce soupçon de fermeté, virtuose jusqu'au plaisir qu'elle me donnait.

Le matin du départ, je rejoignis Charlie au pied de son appartement montmartrois, et la trouvai, debout, valise à la main à côté de la harpe. L'instrument, paré d'une housse de voyage en nylon matelassé, installé sur son chariot de transport, paraissait plus imposant encore. De loin, on aurait dit une voile.

— Je suis garée tout en haut de la rue, à cent mètres… je n'ai pas trouvé plus près.

— Tu veux que je pousse la harpe ? demandai-je en considérant la forte pente.

— Non merci, je préfère le faire. Ça m'aide si tu prends ma valise.

Avant que j'aie répondu, elle s'arc-bouta sur le chariot et entreprit de gravir la rue. Je la suivis à pas lents, baissant les yeux à chaque passant car il ne m'échappait pas qu'ils me toisaient comme un malotru. Je voyais bien pourquoi. L'homme tirait la petite valise ridicule et la femme poussait l'armoire à roulettes. Mais ces galants donneurs de leçon, qu'ils essaient simplement de toucher la harpe de Charlie et ils comprendront. Il n'était pas rare qu'on lui propose un coup de main, pour passer un trottoir, entrer dans un immeuble, charger la voiture, y compris des régisseurs de métier. Elle refusait systématiquement. Si elle n'avait d'autre choix que d'accepter, car il existait des volées d'escalier infranchissables sans aide, elle était la proie d'une anxiété hors norme jusqu'à l'arrivée à bon port. D'abord, j'avais pensé que c'était en rapport avec le prix pharaonique de l'engin. Multi-assuré, par ailleurs. Pour toutes les circonstances imaginables de vol et de dégradation par le feu, l'eau ou la grêle, et même par l'action des termites et autres insectes xylophages. S'il avait existé une police contre le temps qui passe, elle l'aurait sans doute contractée. Une harpe de concert coûte le prix d'une berline avec toutes les options et Charlie s'était endettée sur dix ans pour acheter la sienne. Mais j'ai vite compris que cela n'avait pas réellement à voir avec la valeur matérielle. Charlie entretenait un rapport similaire avec ses autres instruments, notamment la kora qui ne valait pas plus que son poids en calebasse. Elle y tenait comme à des prolongements d'elle-même, ils étaient ses membres surnuméraires et lorsqu'ils prenaient un coup, c'était elle qui saignait. Après des mois de probation, j'ai fini par acquérir le droit de manipuler la harpe et de pousser le fameux chariot, mais au prix de tant d'escarmouches, de remises en question, lors d'un passage d'angle aigu ou d'une descente d'escalier, qu'il m'est arrivé plus d'une fois de regretter que Charlie ne joue pas du triangle.

Lorsque nous arrivâmes à la voiture, je restai muet de stupéfaction. Je connaissais l'engin, une Clio on ne peut plus d'occasion, pour l'avoir vue de loin, garée dans une rue du quartier, mais je n'avais encore jamais eu l'occasion de monter à bord. Il se trouve que je me déplace en scooter et depuis que nous nous fréquentions Charlie avait pris l'habitude de s'y installer, ses bras chaleureux enlaçant ma taille.

— Je l'ai achetée en arrivant à Paris, dit-elle en sortant la clef. Ce n'était déjà pas une première main. J'espère qu'elle sera reçue à son prochain contrôle technique.

Charlie avait besoin d'une voiture lorsqu'elle cachetonnait, à un mariage, un dîner de gala, ou lors de la présentation d'une collection de haute couture. Une harpe, c'est tout de même plus chic qu'un piano. Quant à la harpiste elle-même, elle ne dépareillait pas en apparaissant dans une robe de concert fendue à mi-cuisse. Tout le monde pensait qu'elle jouait de sa plastique irréprochable, alors qu'il s'agissait de conscience professionnelle. On ne peut enfourcher sa harpe et passer les pédales sans disposer d'une liberté de mouvement de ses jambes. Personne n'a jamais essayé de monter un cheval de rodéo avec une jupe serrée. Eh bien une harpe, c'est la même chose, sauf qu'elle ne mange pas de foin. Charlie était aussi amenée à déplacer sa harpe à l'occasion d'un concert, s'il n'y en avait pas sur place et que personne n'avait réussi à en louer une. On peut fouiner dans les coulisses de toutes les salles de concert, clubs, médiathèques, scènes nationales et MJC, on tombera toujours sur un piano sous un tas de poussière, une guitare oubliée ou un violon qui traîne, jamais sur une harpe. Tout cela, elle me l'avait expliqué, mais je ne n'avais pas vraiment réfléchi à l'aspect technique de la chose. Comment faire entrer une harpe, et sa housse, à l'intérieur d'une Renault Clio ? Sans oublier le chariot à roulettes.

La réponse allait de soi. Il suffisait de déboulonner le siège du passager avant, ainsi que la banquette arrière, puis de les ôter et de les remiser dans une grange à la campagne. Ainsi on récupérait la superficie nécessaire à même le plancher de l'habitacle, que l'on recouvrait ensuite d'un patchwork de rectangles de mousse achetés au marché Saint-Pierre. Et voilà la seule Clio jamais sortie des usines Renault dotée d'un siège unique. À croire que le concept de monospace avait été inventé pour elle. La harpe s'y introduisait à plat, par le hayon. Cela rentrait au millimètre près, comme le pied de

Cendrillon dans la pantoufle de vair. Ensuite, Charlie protégeait l'instrument d'une couverture, posait délicatement le diable à roulettes sur l'ensemble, et le tour était joué. On l'aura deviné, cette voiture n'était pas plus prévue pour accueillir un passager qu'un lit d'enfant un basketteur de la NBA.

Une heure plus tard, nous roulions sur l'autoroute. Moi, recroquevillé dans l'angle mort à l'arrière du siège conducteur, prenant garde de ne pas m'appuyer sur l'instrument, les fesses posées en biais sur mon sac de voyage, les genoux remontés, les bras serrés autour des jambes, dans la position favorite des squelettes du néolithique. Charlie, plaquée contre le volant, conduisant, attentive et soucieuse, à cause de la pluie qui s'abattait en trombe sur la chaussée.

Les premières crampes se manifestèrent dès l'entrée du périphérique, mais j'y prêtai moins attention dès lors qu'une famille de fourmis eut pris ses quartiers dans ma jambe droite.

— Ça va ? s'inquiéta-t-elle, après le péage de Fontainebleau.

— Oui, oui, mentis-je.

— On va échanger nos places toutes les heures.

Je restai muet. Le temps ne semblait pas s'écouler normalement dans cette Clio. Vu la lenteur avec laquelle les dix premières minutes étaient passées, je n'osais songer combien allaient en durer soixante.

— Basile, tu vas tenir ?

— Bien sûr. Il faudra juste un pied-de-biche à l'arrivée.

J'interceptai son regard dans le rétroviseur.

— Heureusement qu'on n'a pas pris en plus les skis et les chaussures, sourit-elle, adorable.

Nous en avions débattu, il y avait des promotions au Decathlon de la place de la République.

— C'est mieux d'avoir choisi de louer en station, je te le confirme.

À Avoriaz, les automobiles sont bannies. Pour entrer dans le bourg, on gare son véhicule dans un des parkings souterrains, on charge ses bagages sur les nombreux traîneaux mis à disposition et on rejoint sa résidence à pied. Lorsque l'enneigement est suffisant, ce qui était le cas, quarante centimètres de fraîche étant tombés pendant le trajet, on pénètre dans un royaume ouaté et non pollué, idéalement situé au pied des pistes, où seuls skis et Moon Boots sont autorisés à circuler. Accessoirement, quelques paires de sabots ferrés aussi, puisque des carrioles à patins, tractées par de robustes chevaux endurcis au froid, sont disponibles pour les amateurs de pittoresque. Les rues sont pentues et des télésièges vous remontent d'aval en amont. Ainsi, vous pouvez aller acheter votre baguette de pain, louer un appareil à raclette, ou porter votre col roulé au Lavomatic, sans avoir à déchausser vos skis. J'aurais pu rédiger le prospectus du syndicat d'initiative. Tout avait été parfaitement pensé par les promoteurs de la station, à l'exception d'une chose. Pour une raison qui m'échappait, personne n'avait songé à mettre en place un équipement qui permette de déplacer une harpe, depuis le parking jusqu'à la résidence Marimba.

N'allez pas croire que, exalté par le sentiment amoureux, j'aie été victime d'un syndrome de Stockholm harpistique, et que j'aie compati à l'excès sur les questions de logistique. Il exagère, pensez-vous. Tous les musiciens qui jouent d'un instrument volumineux rencontrent des difficultés analogues. Eh bien non. Examinons la situation des autres instruments à fort gabarit. Le piano, par exemple. Ce dernier est tellement lourd qu'on n'envisage tout simplement pas de le déplacer, même s'il en tombe du sixième étage dans les dessins animés de Tex Avery, lequel s'est toujours bien gardé de révéler comment le piano était parvenu jusqu'au rebord de la fenêtre. En outre, le piano est un instrument répandu. Qui veut faire ses gammes parvient toujours à en dégoter chez un voisin, dans un conservatoire à proximité, ou au bistrot du coin. Rien que sur Avoriaz, j'en avais repéré dans trois bars différents. La contrebasse ? L'objet est grand, certes, mais pas autant qu'une harpe. Et surtout beaucoup plus léger. Il n'y a aucun système de tringlerie interne et de pédales, que du vent à l'intérieur. La plus lourde des contrebasses pèse trois fois moins qu'une harpe. J'en veux pour preuve que tous les contrebassistes que Charlie m'a présentés sont des gringalets. La plupart ont adapté une roulette à l'extrémité de la pique, transformant ainsi leur instrument en une sorte de monocycle facile à manœuvrer. On en croise de temps à autre dans un wagon de métro, où personne n'a jamais vu la queue d'une harpe. Quant aux instruments à percussion, qui se démontent en partie et se logent dans des étuis portables en bandoulière, ou sur le dos, pris séparément, ils ne pèsent pas plus que l'air qu'ils remuent. Un des meilleurs amis de Charlie se déplace à moto avec sa batterie dans des sacoches, c'est pour dire. Restent le tuba et le violoncelle qui ne sont pas tout à fait des modèles réduits, mais, franchement, à moins d'avoir cent douze ans ou une maladie des os, n'importe qui peut faire du patin à roulettes en les emportant avec soi.

Nous nous retrouvâmes donc ce samedi après-midi, à la sortie du parking principal, face à une rue méchamment en pente, dont les trottoirs avaient été transformés en patinoire par le chassé-croisé des vacanciers. La résidence Marimba se situait cinquante mètres plus bas, à droite après un virage serré, juste avant une pharmacie, ce qui, je l'espérais, n'était pas prémonitoire. Charlie, les mains crispées autour des poignées du diable, était cambrée en arrière, pour ne pas être entraînée par le poids de son instrument. Quant à moi, je retenais le traîneau où reposaient nos bagages. Nous nous demandions comment nous en sortir quand, sous nos yeux, un couple muni de chaussures de ski dérapa, se cramponna aux épaules et déclencha un trois cent soixante degrés après avoir jeté ses jambes de tous les côtés.

— C'est un casting de claquettes irlandaises, laissa échapper Charlie entre ses dents serrées.

— Je ne le sens pas non plus.

À cet instant, les nuages se dissipèrent et le soleil découvrit la vallée de Morzine, près d'un kilomètre en aval. Les toits en ardoise des chalets chatoyaient sous le soleil et, par un effet d'optique, le pétale bleu de la piscine municipale scintillait dans l'exact prolongement de notre rue. J'eus alors le sentiment de me tenir en haut du tremplin de saut à ski à quelques secondes du passage au vert.

— Et si on dégonflait un peu les pneus du diable ? suggérai-je, ça devrait permettre de rouler au milieu de la rue.

Charlie hocha la tête de droite à gauche.

— Le bas de caisse va racler la neige. Le froid, ce n'est pas bon du tout.

J'apprendrais rapidement que le chaud n'était pas meilleur. L'été, lorsque Charlie s'arrête sur une aire d'autoroute, n'allez pas croire qu'elle cherche une place à l'ombre ou qu'elle laisse un filet d'air circuler par la vitre entrouverte pour le bénéfice des humains embarqués ou d'un animal de compagnie. Non. Elle le fait pour la harpe. Les hausses de température dilatent les cordes et les refroidissements les tendent à l'extrême. À force de s'allonger et de se rétracter, elles pètent. La nuit, c'est le plus impressionnant. Dans le silence absolu, on entend un grand coup de fouet, suivi d'une résonance douloureuse. À la seule écoute de cette plainte, Charlie devine laquelle a lâché.

— Merde ! Le *fa* trois…

Trois, pour troisième octave.

Il n'est pas toujours évident de dénicher un *fa* trois, ou un *sol* quatre de remplacement, mais passé mille huit cents mètres d'altitude, la probabilité tombe à zéro, même dans une station aussi organisée qu'Avoriaz. Raison pour laquelle Charlie ne se déplace jamais sans un jeu complet de cordes de rechange. Quand on sait qu'une seule peut valoir, selon son calibre, jusqu'à vingt euros, multipliez par quarante-sept, ça met le coup de froid au prix du caviar.

— La housse ne suffit pas ? demandai-je.

— Si on s'enneige, ça ne protégera pas longtemps. Les cordes vont lâcher les unes après les autres.

— Et si on pose la harpe sur le traîneau à bagages ?

— Tu as vu la taille ? Et le poids ? Elle va se renverser. Non, il faut peut-être qu'on change d'appart, dit-elle, en lorgnant sur la résidence Douchka, dont l'entrée se trouvait au même niveau que le parking.

— Charlie, c'est les vacances scolaires. Ça fait deux mois que tout est complet. Et on est venus ici parce que ton pote nous prêtait son appart au Marimba.

Elle soupira tandis que ses yeux dérivaient en direction des pistes, où les skieurs s'égrenaient en zigzag comme des notes folles sur une portée.

— On ne va pas rester là à attendre la fonte des neiges, lâcha-t-elle, abattue.

Je vis surtout fondre sur nous le moment où Charlie n'envisagerait plus d'autre solution que de retourner à Paris. Mes jambes ne se remettraient jamais d'un second trajet en Clio dans les vingt-quatre heures. Mais il y avait plus important. Je tenais absolument à passer la semaine entière, ici, emboîté avec Charlie sous la couette, la nuit, tandis qu'au-dehors l'air se glaçait. Skier la journée, pas trop, et m'abreuver de vin chaud dans les chalets au sommet des pistes, blotti entre ses bras. Improviser une strip-fondue et la regarder ôter un vêtement après chaque bout de pain égaré dans le fromage. Je connaissais un pain de mie industriel parfait, idéalement friable. On devait en trouver à la supérette. Je devenais lyrique et imaginatif.

— On va fabriquer une luge pour la harpe, proposai-je.

Il est des regards qui ne trompent pas. Je savais que je jouais gros. Je sortis sa valise du traîneau et l'ouvris.

— Tu permets ?

Elle ne réagit pas lorsque je transvasai l'intégralité de ses vêtements dans mon propre sac, appréciant au passage la délicatesse de certaines pièces de dentelle dont l'existence m'encouragea dans mon entreprise. Il ne faut jamais penser au tunnel, mais à la lumière qui brille à son extrémité.

— Et voilà ! proclamai-je en posant la valise ouverte, sur la coque, au pied de la harpe.

— T'es sérieux, là ?

J'examinai rapidement le gabarit du socle, qui me parut adapté.

— On la sort de son chariot et on la pose là-dedans. Puis on surfe jusqu'à la résidence, affirmai-je, comme si j'avais fait ça toute ma vie.

— La valise ne va pas tenir.

— Si, si. C'est une bonne marque.

— Et si on perd le contrôle ?

— Je me mets derrière, je guide et je retiens. Tu te mets devant, et tu freines.

Elle me scruta, cherchant à deviner si j'étais à la hauteur de la manœuvre, et, subitement, un sourire chassa les stigmates du doute et de l'inquiétude qui colonisaient son beau visage.

— OK, *go !* lança-t-elle, en ôtant le bec-de-cane du diable qui permettait de le solidariser avec une des ouïes de l'instrument.

Charlie n'accorde pas sa confiance à la légère, surtout s'il s'agit de sa harpe, ou de quoi que ce soit se rapportant à la pratique de la musique, un territoire si laborieusement et chèrement conquis qu'elle semble redouter d'en être chassée au premier claquement de doigts du destin. Comme si jouer de la musique était un privilège éphémère, ou alors si fragile, qu'il lui fallait préserver avec la plus grande méticulosité chacun des objets qui participent à cet accomplissement. Son instrument au premier rang, mais également son pupitre, son métronome et ses partitions. Combien de fois l'ai-je vue sortir insatisfaite d'un concert où le public avait pourtant réclamé trois rappels et applaudi de longues minutes ? Aux louanges elle répond qu'elle a foiré une pédale dans le troisième mouvement, qu'elle a pris sa cadence trop lentement, ou qu'elle a raté son départ à la quatre-vingt-troisième mesure. Elle m'évoque la fleur de la vigne, modeste et si méconnue, qui s'épanouit une poignée de journées au printemps, mais dont dépend pourtant chaque raisin et tous les vins dont nous nous régalons.

— C'est la première fois que je laisse quelqu'un s'occuper de la harpe dans une pente, jugea-t-elle nécessaire de préciser, tandis que nous soulevions l'instrument et le déposions dans la valise.

— Tout va bien se passer, répondis-je, en examinant le dispositif.

Le socle mordait en partie sur le compartiment antérieur de la valise qui rebiquait en créant un pare-neige naturel. Ça avait l'air conçu pour ça. Je me retins de faire un selfie, l'heure n'était pas à la fanfaronnade.

Nous avions posé chacun un pied à l'avant pour caler la valise, et je passai à l'arrière en saisissant les poignées de la housse.

— Quand tu es prête, tu lâches ton pied.

Elle s'exécuta et la carène se mit à glisser tout doucement sur la neige. Je contrôlai la vitesse en m'arc-boutant légèrement en arrière. Charlie, à l'avant, se contentait d'accompagner le mouvement, les semelles de ses chaussures dérapant doucement sous la pression. Notre embarcation, à mi-chemin entre le windsurf et le bobsleigh, devait avoir fière allure, et, passé les premiers mètres, nous comprîmes que nous allions nous en sortir.

— Tu sais quoi ? dit-elle, malicieuse, à mi-descente.

— Non ?

— Ça me donne envie de jouer. T'imagines ? Glisser en jouant de la harpe… J'aurais dû enlever la housse, ç'aurait été génial !

— Si tu veux, demain, on se prend une piste noire.

Une joie enfantine avait envahi son visage et la situation me réconcilia avec les sports d'hiver.

En trois minutes, nous arrivâmes sans encombre au seuil de la résidence Marimba. Je me retournai sur nos traces, et adressai une supplique muette au ciel, afin qu'aucun flocon ne tombe du séjour et que le soleil brille sans discontinuer. Sinon, je ne voyais pas comment nous allions remonter jusqu'au parking le samedi suivant.

L'été qui suivit notre rencontre, les murailles de haies taillées depuis des années en petite et grande couronne s'assemblèrent aux hectares de pelouses tondues, pour dessiner un jardin, que nous envisageâmes de parcourir main dans la main. J'avais suffisamment économisé pour accéder à la propriété, moyennant une génuflexion devant mon chargé de compte au Crédit agricole. Charlie, elle, proposa à la vente son minuscule logement montmartrois, acquis grâce au legs d'une tante éloignée, et nous commençâmes à visiter des appartements. Couper le cordon avec l'endroit où elle vivait depuis son arrivée à Paris ne fut pas simple. Charlie ne se séparait pas facilement des gens, pas plus qu'elle ne quittait aisément les objets, les seconds vous liant, selon elle, irrémédiablement aux premiers. Entre les murs de cet appartement elle avait répété le célèbre concerto pour flûte et harpe de Mozart, qui est à l'instrument de Charlie ce que le K2 est à l'escalade. Elle avait adapté la partition du film *Voyage au centre de la Terre*, composée par Bernard Herrmann en 1959. Le score original avait été conçu pour douze harpes, mais aujourd'hui plus personne ne peut s'en payer autant, même pour un concert à la Philharmonie de Paris. À Montmartre, Charlie savait toujours où trouver une place de stationnement pour la Clio et était suffisamment en confiance pour laisser son trousseau de clefs aux voisins, y compris lorsque les harpes restaient seules à la maison. Au moment de se projeter dans l'avenir, chaque latte de parquet, boiserie de fenêtre, faïence de la salle de bains, semblait l'ancrer dans le passé, malgré le désir qu'elle avait de vivre avec moi. Je tentais de faire diversion en évoquant un nouveau foyer pour ses instruments, sans me douter, à quel point la tâche allait être ardue. En premier lieu, exit les immeubles sans ascenseur. Personne ne peut porter une harpe, seul, dans un escalier. Pour la même raison, nous éliminâmes d'emblée duplex, triplex et autres souplex. La vision de la moindre volée de marches provoquait une volte-face immédiate de Charlie. Pas évident non plus d'emménager dans du neuf, dont les cloisons sont en général si fines que lorsque vous jouez du Mahler, votre voisin a l'impression que la partition est posée sur ses genoux. En pleine floraison des géraniums, alors que les jardinières paradaient aux balcons des beaux quartiers, nous avions ciblé notre quête sur les quartiers Nord et Est, moins fleuris, mais plus abordables. Je n'avais jamais imaginé qu'autant d'appartements parisiens possédaient une vue sur la tour Eiffel, à condition de se hisser sur la lunette des toilettes et de se dévisser le cou pour regarder par la lucarne. Après quelques semaines de recherches infructueuses, nous commençâmes à douter. Nous avions besoin d'une pièce où vivre, d'une chambre à coucher et d'une pour entreposer les harpes. Cette dernière, nous la présentions aux agences, comme une pièce où Charlie pourrait travailler en toute tranquillité.

— Un bureau, en somme.

— Oui, c'est cela, mais dont la porte ferme. Et qui soit bien indépendant. Parce qu'on a visité plusieurs appartements où le bureau en question était une simple alcôve, ou alors avec des salons-salles à manger, et comme je suis musicienne…

— Vous êtes chanceuse, j'ai rentré ce matin exactement ce que vous recherchez.

En général, avoir de la chance avec un agent immobilier signifie qu'il s'apprête à vous fourguer un taudis dont personne ne voudrait même si on le lui donnait. Mais nous étions assis et cela ne nous coûtait rien de laisser le beau parleur poursuivre.

— Ce n'est pas loin du croisement Saint-Maur Oberkampf. Quartier en vogue, proximité des commerçants, trois vraies pièces, au cinquième et dernier étage d'un immeuble début vingtième… c'est un peu plus que votre budget, mais ils sont pressés de vendre, il y a une marge de négo, dit-il, en tournant l'écran de son ordinateur vers nous.

Je sentis Charlie se tendre sur son siège. L'appartement était inondé de lumière, des murs blancs, un parquet couleur miel, une salle de bains et une cuisine qu'on n'avait pas envie de refaire intégralement, ainsi qu'un salon et deux chambres, desservies par un couloir. C'était la première fois qu'on nous proposait un bien qui correspondait à notre recherche.

— Et il y a moyen de louer un parking dans l'immeuble, si vous avez une voiture.

Nous avions surtout une harpe et tout moyen de la rapprocher de la Clio valait son pesant d'or.

— Le parking est desservi par un ascenseur ? demanda Charlie.

— Bien sûr, comme tout l'immeuble, c'est ce que vous avez précisé, dit-il, en nous examinant avec attention l'un après l'autre.

Il se demandait visiblement lequel de nous deux était affecté d'une infirmité si sévère pour qu'à notre âge l'absence d'ascenseur soit rédhibitoire.

— Vous connaissez ses dimensions ? lança-t-elle, brusquement.

— À peu près soixante-quinze mètres carrés.

— Non, celles de l'ascenseur.

Il en fallait visiblement plus pour désarçonner notre jeune interlocuteur. C'était le genre de type capable de vous soutenir que l'extracteur de graisses brûlées du McDo voisin va dispenser de l'air frais en été, mais Charlie avait de la suite dans les idées.

— Hauteur, largeur, profondeur, précisa-t-elle.

— Je n'ai pas ça sur la fiche, marmonna-t-il en hochant la tête. C'est une question peu ordinaire.

— J'ai une harpe à transporter, il faut qu'elle puisse entrer dans l'ascenseur.

Le visage perplexe de l'agent fut balayé par un souffle de soulagement. Une harpe ? Rien que ça. Qui se transforma en gaieté incoercible. Il recula dans son siège, hilare, et attrapa une paire de clefs, persuadé d'avoir déjà empoché sa commission.

— Alors, aucun problème, assena-t-il, comme s'il connaissait le gabarit de toutes les harpes jamais fabriquées. Ce n'est pas plus grand qu'une machine à laver ou un frigo !

— Si, répondit Charlie. Plus haut qu'une machine, plus profond qu'un frigo.

— Ah.

— Qu'en penses-tu, Chloé ? demanda-t-il à sa collègue, qui faisait mine de ne pas écouter, depuis son bureau.

— Franchement, on demande la taxe d'habitation, trois PV d'assemblée de copro, mais jamais la fiche technique de l'ascenseur.

— Je ne sais pas, reprit-il. Quelque chose comme ça...

Il se leva et mima une boîte imaginaire dont nous étions censés estimer le volume. Les bras écartés de part et d'autre de son corps, puis devant et derrière, se mettant de profil, nous laissant apprécier la coupe de son costume, et enfin, la main droite dressée une quarantaine de centimètres au-dessus de sa tête.

— J'y suis allé une dizaine de fois depuis qu'on a le mandat, franchement, ça le fait, conclut-il après sa démonstration.

— Je croyais que vous l'aviez « rentré » ce matin ? répondit Charlie, du ton qu'elle adoptait lorsqu'une partition se refusait à elle, et je sentis que cette fois elle n'allait pas s'en prendre qu'à ses doigts.

— C'était une façon de parler. Je voulais vous intéresser parce que je sais que cet appartement est pour vous. Faites-moi confiance.

— Non, répondit Charlie, en se levant.

Je ne sus ce qui l'emporta, de l'envie de piquer un fou rire, ou de l'admiration béate pour une telle liberté de parole. La femme avec qui je m'apprêtais à vivre n'était guère esclave des convenances, sinon elle n'aurait pas choisi cet instrument et accepté de porter un tel prénom. Car Charlie n'était ni un surnom ni un pseudonyme pour la scène, il était inscrit en pleins et en déliés sur son livret de naissance et à l'époque ses parents avaient bataillé ferme pour convaincre l'état civil. Quand on leur demandait ce qui leur était passé par la tête, ils répondaient le plus naturellement du monde :

— Je voulais un garçon, disait le père.

— Et j'étais fan du général de Gaulle, ajoutait la mère.

Lorsque Charlie faisait le compte de ses années de psychanalyse, elle se disait qu'elle aurait pu se payer une deuxième harpe de concert depuis longtemps, mais elle avait fini par porter son prénom avec fierté et ne détestait finalement pas cette singularité. Qui, selon moi, faisait la paire avec l'instrument dont elle jouait.

Nous abandonnâmes le vendeur, groggy, en pleine révision de ses stratégies commerciales, et j'attendis que nous ayons quitté la boutique pour embrasser mon amoureuse. Baiser auquel elle me répondit avec fougue et sensualité, son corps tellement rivé au mien, que je m'interrogeai sur l'effet qu'avait produit sur elle ce jeune agent immobilier, pas si mal foutu par ailleurs.

— Il était peut-être bien quand même, cet appart, tentai-je.

— M'en fous, je déteste les baratineurs, grommela-t-elle.

Le lendemain, nous visitâmes un appartement dans le 10e arrondissement, munis d'un mètre ruban. L'agent immobilier, cette fois une femme plus âgée, qui avait dû vendre suffisamment de logements dans sa carrière pour y loger les habitants de la Suisse, ne broncha pas lorsque je pris les mesures de la cabine d'ascenseur. Hauteur, deux cinquante. Largeur, un quatre-vingts. Profondeur un vingt. Limite, mais suffisant.

— En biais, ça passera, approuva Charlie.

— De quoi s'agit-il ? demanda la femme, amène, en appuyant sur le bouton du troisième.

— D'une harpe, répondis-je.

— Le propriétaire précédent jouait de la guitare, répliqua-t-elle, il n'a jamais eu de problème avec les voisins. C'est une copropriété très jeune. Tout le monde s'entend bien.

J'aurais parié que si je lui avais répondu : « Un buffle à bosse », elle m'aurait dit que les vendeurs avaient un zoo et que dans l'immeuble, on adorait nourrir les animaux sauvages.

Je jetai un regard en coin à Charlie dont le visage couvait une expression mi-amusée, mi-résignée. Une guitare… et pourquoi pas un ukulélé, tant qu'on y est. Tout le monde a entendu parler de la harpe, un des plus vieux instruments du monde, mais comme le varan de Komodo, très peu de gens savent de quoi il s'agit véritablement, et quel est son biotope. Apparue à Babylone cinq mille ans avant notre ère, elle s'est répandue du levant au couchant, sacrée en Égypte antique, symbole du pouvoir à Jérusalem, elle a gagné l'Irlande, puis a conquis toute l'Europe à la Renaissance. En Orient, elle a atteint l'Inde et a suivi la route de la soie jusqu'en Chine. De tout temps, en tout lieu, sa forme a évolué, son ADN a muté, elle s'est adaptée. La grande harpe de concert à pédales se situe au sommet, et y demeurera, à condition de pouvoir entrer dans l'ascenseur. Lequel s'élevait dans l'immeuble, tandis que je formulais silencieusement l'espoir que l'appartement convienne. Lorsque nous nous immobilisâmes, l'agent ouvrit la porte, révélant à mi-palier une vue sur le canal Saint-Martin par la fenêtre de la cage d'escalier. En contrebas, l'eau calme réfléchissait les ramures tendres des platanes, deux jeunes femmes se baladaient en jupes légères, un homme juché sur un monocycle allait et venait, en avant, puis en arrière, le long du quai. C'était apaisant et magnifique.

— Merde, fit Charlie, désappointée.

La femme se retourna, déçue de voir se rompre un tel moment de grâce.

— Les marches…

Et je compris.

— Oui, c'est un demi-étage, confirma l'agent immobilier. L'appartement est au troisième, mais l'ascenseur s'arrête à deux et demi.

— C'est ça, le problème.

— À cause de la harpe ?

Charlie acquiesça, stationnant ostensiblement au milieu de la cabine, adressant le message qu'il n'était pas nécessaire d'aller plus loin.

— Je ne me rends pas compte… L'appartement est là, à trois marches, insista l'agent immobilier.

— Si je dois la porter à chaque fois, c'est inenvisageable. Ça tourne et c'est étroit.

— C'est un instrument de femme, non ? lâcha la vendeuse. Ça ne peut pas être si lourd que ça.

— Je vais vous apprendre quelque chose, rétorqua Charlie, sans perdre son calme. Jusqu'à la moitié du dix-neuvième siècle, la harpe était interdite aux femmes. Vous savez pourquoi ?

— Non.

— Parce que les femmes ne devaient pas se tenir les jambes écartées. Vous voyez, c'est un peu comme l'équitation, quand il fallait monter en amazone. Alors de tout temps, ce sont des hommes qui en ont joué. Et pour votre gouverne, avec le chariot de transport et la housse, ça dépasse les soixante kilos.

Je n'avais pas imaginé que notre problème de logement croiserait la cause féministe sur un demi-palier du 10e arrondissement, mais je n'étais pas fâché que Charlie rabatte le caquet de cette mégère. Et lorsque enfin ma chérie consentit à quitter la cabine d'ascenseur, ce fut pour emprunter l'escalier dans le sens de la descente.

— J'y vais à pied.

Je la rejoignis peu après dans la rue, après avoir refusé à deux reprises de « visiter quand même », « parce que quand vous l'aurez vu, vous la ferez changer d'avis », « croyez-moi, c'est une affaire rare, si je pouvais je le prendrais pour mon fils », et retrouvai Charlie, assise sur un banc au bord du canal, l'air perdu.

— Pourquoi j'ai choisi un instrument pareil ?

La question ne m'était pas adressée. Elle se la posait à elle-même, et ce ne devait pas être la première fois. Puis elle enchaîna les phrases sur un tempo rapide, sans pause ni silence :

— Dans l'orchestre, je dois toujours arriver la première. Une fois que tout le monde est installé, je n'ai plus la place d'atteindre mon pupitre avec la harpe. La plupart des musiciens, ils débarquent, ils déchiffrent et ils jouent. Mais moi, je ne peux pas me pointer et gratter les cordes, il faut que je réfléchisse à mes pédales, que j'annote ma partition. Ce n'est pas une flûte où tu te la mets dans le bec et tu siffles ! Et le nombre de fois où on m'a juste fait venir pour un glissando au milieu d'une pièce où je n'ai rien d'autre à jouer… Ou alors, tu as deux accords et le compositeur les a mis sous une pêche de cuivre ou un roulement de percu. Ça, c'est le pire. Tu attends une heure pour placer ton trait et quand c'est à toi, personne ne t'entend ! Combien de fois, je me suis dit que je pourrais faire semblant, juste effleurer le gril. Qui s'en rendrait compte ? Les autres instruments ont toujours quelque chose à jouer, jamais tu ne verras vingt-quatre violons se tourner les pouces pendant dix minutes et compter les mesures en silence. Moi, je dois rester concentrée tout le temps pour ne pas rater mon départ. Il m'est arrivé d'attendre deux cent quarante mesures avant de poser un doigt sur une corde. J'avais l'impression de passer mon temps à bouger la tête comme une poupée de chien à l'arrière d'un taxi. Et il faut être impeccable derrière son instrument, avoir le dos plat, le cou droit, réprimer les bâillements, se tenir comme une potiche de première classe, et on se les gèle dans les églises !

La fin du mouvement la trouva sans souffle, au bord des larmes, et moi, ne sachant comment la réconforter, aussi désemparé que si j'avais dû la remplacer au pied levé sur la scène de l'Olympia.

— Oh pardon, dit-elle en se prenant le front entre les mains.

— Pourquoi pardon ? Tout va bien.

— J'ai peur.

— De quoi ?

— Que tu me trouves chieuse, que tu renonces…

— Ce n'est pas l'impression que j'ai. Si ça ne tenait qu'à moi, je t'écrirais trois symphonies avec des notes tout le temps.

Charlie se blottit contre moi, et sa voix surgit, si proche, qu'elle aurait pu venir de ma propre gorge.

— Et si on avait un enfant ?

— En plus de la harpe ? plaisantai-je, pour masquer l'irrépressible émotion qui m'étreignait.

— Tu ne me réponds pas, répliqua-t-elle, gravement.

Je ne sus qui avait composé cette musique céleste. Au minimum Jean-Sébastien Bach. Ni quelle formation réputée l'interprétait. Mais je l'entendais distinctement. Le chef d'orchestre dirigeait avec subtilité, excavant dans la musique un espace suffisant pour qu'on y distingue la harpe.

— Quand tu voudras, lâchai-je. Je suis ton homme.

— Je crois, oui.

Les filles aux jupes légères s'étaient assises un peu plus loin et mangeaient une glace. L'une d'elles avait ôté ses chaussures. Le monocycle se tenait immobile, en équilibre, au bord du canal. Nous avions intégré le tableau.

Charlie n'écoute pas de musique. Elle en joue. Trois mois après notre emménagement, la chaîne hi-fi n'était pas recâblée et nos CD demeuraient empilés dans des cartons. Le détachement de la musique de loisir dont faisait preuve ma chérie constitua la première révélation de notre vie commune et, à l'entendre, son cas n'était pas isolé. Écouter semblait une affaire trop sérieuse pour s'accomplir distraitement en dégustant un whisky les deux pieds posés sur une table basse, en lavant la vaisselle, ou en repassant des chemises. Unique exception en ce qui concernait Charlie, je l'ai signalée : le hard rock. Mais il s'agissait plus d'une expérience de dépossession corporelle que de mélomanie. Dans le loft, où nous avions fini par élire domicile, Charlie, les six harpes, et moi, on n'entendait que les médiocres versions MP3, les enregistrements sur K7 éculées, les vidéos YouTube des pièces qu'elle répétait. La qualité importait peu, ce qui comptait, c'était la façon dont les harpistes qui l'avaient précédée avaient su rendre compte du mouvement de la partition. À une semaine d'un concert à la Cité de la musique, le *Concerto en si bémol majeur opus 4 n° 6* de Haendel résonnait sans discontinuer entre nos murs. C'était comme si Georg Friedrich avait posé ses valises avec les nôtres sur ce plateau de soixante-dix mètres carrés, desservi par un monte-charge, au cinquième étage d'un bâtiment industriel du 11e arrondissement. À force, je ne pouvais plus me rendre dans la salle de bains sans fredonner le troisième mouvement, avec une préférence pour l'enregistrement de l'Ensemble intercontemporain, tonique et rafraîchissant comme un gel douche.

La musique qui naissait sous les dix doigts de Charlie, et par l'entremise de ses deux pieds, était inlassablement répétée. Ma belle obstinée pouvait reprendre un trait quarante fois de suite si nécessaire. Jusqu'à ce qu'il passe sans accroc. Elle travaillait les infinies variétés du silence entre les notes, polissait les syncopes à un niveau de détail qu'aucune autre oreille ne pouvait appréhender. Ses séances de travail se ponctuaient de grognements et de réprimandes qu'elle adressait à elle-même. Tout y passait, elle se reprochait d'avoir les doigts palmés, les jambes flasques, la nuque raide, les épaules crispées, elle se traitait de nulle, de molle et reprenait à la mesure précédente. Si elle jugeait ses pieds insuffisamment véloces, elle essayait une autre paire de chaussures. Si le relâchement ne venait pas sous la tension, elle pratiquait des exercices de respiration. Avant de recommencer, puis de s'invectiver à nouveau. C'était la seule circonstance de la vie dans laquelle son langage pouvait devenir familier. La première fois, lorsqu'un blâme avait fusé, j'avais pensé en être la cible : « Putain ! Mais c'est n'importe quoi ! » Avais-je monté la penderie de travers ? Oublié de remettre un sac dans la poubelle ? Laissé attacher le rôti ? Puis j'avais compris que sa traque de la perfection empruntait au domptage, comme on le ferait avec une bête rétive. Charlie maniait le fouet sur elle-même afin de tirer le meilleur de son instrument. Si, de temps en temps, le matériel en prenait aussi pour son grade – les cordes qui pétaient ou émettaient une sonorité métallique, les pédales qui refusaient de rester en position, les feuilles de partition qui s'envolaient –, s'il lui arrivait d'invectiver la lumière insuffisante, l'humidité, la chaleur, les courants d'air, jamais elle ne fustigeait les compositeurs. Ravel, Rameau ou Bach pouvaient avoir jeté sur la portée les combinaisons de notes les plus complexes, s'être essayés à d'improbables phrasés, Charlie était là pour les servir. Sa mission était de respecter l'écrit, coûte que coûte : « Vas-y ! Bouge tes doigts ! T'es nulle, retournes-y ! » La musique s'apparentait à un combat. Charlie était ma guerrière. Elle se serait fait tailler sur place plutôt que céder un pouce de portée. Le loft ne favorisant pas l'isolement, j'étais le témoin privilégié de ses batailles et de la manière dont elle se maltraitait, exigeant d'elle-même toujours davantage. Plus d'une fois je me surpris à penser qu'elle ne devait pas s'aimer beaucoup, mais ce n'était pas grave, puisque je l'aimais pour deux. L'honnêteté m'oblige à dire que tous les compositeurs ne trouvaient pas grâce aux yeux de Charlie. Elle s'en était ouverte, en insinuant que certains d'entre eux avaient plus souvent laissé courir leurs doigts sur des harpistes que sur des harpes. C'est qu'il ne suffit pas de coucher quelques mesures sur le papier pour que celles-ci soient jouables. À cause des pédales, toujours. Si la composition est truffée de bémols et de dièses mal choisis, enchaînés sans aucune conscience du geste à effectuer, les pieds s'emmêlent et c'est la chute ! Toute la différence entre un compositeur qui n'y connaît rien et un affranchi se situe là. Au piano, c'est plus simple, tout le monde comprend qu'à moins d'appartenir à l'homme élastique, aucune main terrestre ne peut s'étirer sur quarante centimètres de clavier, mais, à la harpe, il en est qui paraissent ignorer les contraintes de la bipédie.

Je m'éveillai un lundi matin aux échos d'une puissante mélodie arabo-hispanisante. Il s'agissait d'une pièce interprétée par une formation orchestrale, des bois, des cuivres, des cordes, qu'aucun crachotement parasite ne venait troubler. Le son, parfaitement ciselé, emplissait l'espace, et ne provenait pas du haut-parleur asthmatique de l'ordinateur. Des limbes du sommeil, j'avais été projeté sans escale sous les arabesques du palais de l'Alhambra. Je pouvais sentir la brise du Sud, les effluves de jasmin se mêler à ceux du café fraîchement torréfié. Charlie avait donc remis la chaîne en marche. J'avais porté un jugement hâtif sur son rapport à la musique et me levai pour la féliciter. Je franchis le paravent qui délimitait l'espace où nous dormions, pour me trouver nez à nez avec quatre violonistes, deux violoncellistes, un hautboïste, un bassoniste, deux trompettistes, un tromboniste, un tubiste, et un joueur de castagnettes, tous agglutinés autour de ma harpiste. Charlie écarquilla les yeux en me voyant apparaître en caleçon, les cheveux buissonnants, le visage froissé. Elle marqua une infime pause dans son jeu, mais poursuivit comme si tout était normal. Partout, s'amoncelaient les velours rouges ou bleus des étuis ouverts, des manteaux, des écharpes et des bonnets qui confirmaient cruellement que nous n'étions pas en Andalousie. Je choisis de ne pas me démonter, me faufilant jusqu'à la paillasse où une cafetière à moitié pleine était tenue au chaud. Au passage, je jetai un œil sur la partition du trompettiste. Il s'agissait de la *Rhapsodie espagnole* de Ravel, le quatrième mouvement, la *Feria*, et franchement, ça déchirait. À part Charlie, personne ne m'accorda un regard. J'aurais pu me trimballer entièrement nu, ou vomir des anguilles, pas une de ces jeunes femmes ni un de ces jeunes hommes n'aurait détourné les yeux un instant. Ils étaient concentrés et magnifiques dans la lumière matinale. Mains et bouches virtuoses parmi les reflets de bois et de cuivre, m'incitant à me faire le plus discret possible. À l'issue de leur répétition, et après que j'eus revêtu une tenue plus convenable, Charlie me présenta ses partenaires, qui, une fois leur instrument rangé, recouvraient des allures plus banales. Une panne de courant avait rendu inutilisable le studio dans lequel ils étaient censés répéter et elle avait sauvé la cession en leur proposant de venir ici, où, de l'avis de tous, l'acoustique était exceptionnelle. Je les invitai à revenir quand ils le souhaitaient. *Mi casa es tu casa*. La nôtre est la vôtre. Vu la célérité avec laquelle ils attrapèrent leurs agendas pour noter un rendez-vous, et leur enthousiasme à l'idée de se munir de quiches et de bò bún la prochaine fois, je me demandai cependant si je n'avais pas parlé un peu rapidement.

L'automne est la saison des rousseurs et des châtaignes jonchées au pied des arbres. La végétation s'endort, les températures commencent à baisser, mais nous étions animés de la plus forte des envies de renouveau. Charlie se demandait si elle pourrait continuer à jouer de la harpe lorsque son ventre toucherait la table d'harmonie. À partir de quel mois le bébé risquerait-il d'être comprimé ? Ou au contraire apprécierait-il les vibrations ? La naissance, prévue pour juillet, allait coïncider avec le début de la saison des festivals d'été. Pourrait-elle, cette année, partir sur les routes, comme lors des trois saisons précédentes ? Autant de questions posées en rafale au Dr Lehman, l'obstétricien qui nous recevait avec un sourire amusé, perpétuellement accroché au visage.

— Vous n'avez jamais eu d'enfant ? me questionna-t-il en me prenant à part lors de notre première visite.

— Pas que je sache, tentai-je de plaisanter.

— Vous verrez, votre femme va vivre sa grossesse d'une façon qui va vous surprendre.

Comme je le fixais, inquiet, me demandant s'il avait décelé quoi que ce soit d'anormal, il précisa sa pensée.

— Les musiciennes ne perçoivent pas toujours la réalité de la même façon que nous.

— Pourquoi dites-vous ça ?

— Je suis accoucheur depuis trente-cinq ans, j'ai eu l'occasion de m'en rendre compte. Elles ont un monde à elles. Et qu'est-ce qu'une grossesse, sinon une question de monde intérieur ?

En nous raccompagnant il me confia, en me serrant la main :

— Ma femme est corniste, nous avons eu quatre enfants, je sais de quoi je parle.

Une fois dans la rue, j'interrogeai Charlie :

— Les cornistes, ce sont ceux qui jouent du cor ?

— Oui, les limaces…

— Pourquoi tu dis ça ?

— Il leur faut une serpillière, ils salivent tout le temps. Ce n'est pas leur faute, c'est l'instrument qui veut ça et ça goutte au bout. Après chaque concert, il y a une flaque de bave au pied des cornistes. (Elle réfléchit une seconde.) Je ne sais pas si je vais garder ce médecin.

— Pourquoi ? Il a l'air attentif, humain…

— J'ai besoin de quelqu'un qui s'y connaît en utérus, pas en clé de *fa*.

Les semaines suivantes, je repensai souvent au Dr Lehman, chaque fois que je surprenais Charlie parcourant l'existence telle une spationaute une planète inconnue. Certains jours, comme soumise à des gravités changeantes, je la voyais propulser ses doigts sur les cordes, à un rythme de cent quarante battements par minute et l'heure d'après se figer totalement immobile, devant une fenêtre, écrasée par ses pensées. L'importance croissante des réseaux sociaux la contrariait, l'agaçait. La pauvreté galopante, le sort des femmes, les comportements opaques de l'industrie pharmaceutique l'indignaient. Elle avait balancé son porc. Car elle en avait connu un, elle aussi, un petit chef d'orchestre minable à la baguette hésitante et baladeuse. Elle en parlait. Il lui arrivait de pleurer.

— Ce n'est rien, c'est les hormones, disait-elle.

À force, j'apprenais à distinguer la combinaison qu'elle revêtait certains matins pour supporter l'atmosphère d'un monde peu enclin à la flânerie mentale et à l'art musical auquel elle s'était dédiée.

À l'issue de l'échographie du troisième mois, tous deux bouleversés de savoir que nous allions avoir une fille, Charlie déclara :

— J'espère qu'elle aura envie de jouer d'un autre instrument que la harpe.

Je croyais qu'on aurait choisi son prénom avant son instrument et lui fis part de ma réaction. Je vis son souffle s'accélérer, ses doigts se mêler et se démêler nerveusement autour de la pochette contenant l'échographie.

— Tu as raison… excuse-moi. Je me laisse envahir, dit-elle, les yeux subitement embués.

Autant Charlie aimait son instrument, son galbe, l'étreindre et lui faire rendre des sons, autant elle pouvait souffrir de son influence. Si la harpe n'était pas meilleure que le violon, le trombone ou la guimbarde, elle était sienne. Elle m'avoua cependant lui avoir été infidèle, un temps.

— Au conservatoire, j'ai obtenu une médaille d'or, on appelait ça comme ça à l'époque, mais je n'étais pas satisfaite. Du coup, j'ai laissé tomber la harpe, je me suis essayée au violoncelle. Je ne m'en sortais pas si mal, mais peu à peu j'ai ressenti une frustration. Peut-être à cause de la présence de l'archet entre l'instrument et moi. Ça créait un intermédiaire, un obstacle et j'avais tout le temps envie de jouer des pizz… Alors j'ai changé de ville, de prof, je suis allée m'inscrire au conservatoire de Montpellier et j'ai repris la harpe à zéro, comme une débutante.

— Pourquoi ?

— Pour aller plus loin, pour être meilleure. Réussir à passer des traits sur lesquels j'échouais, faute de vivacité. J'avais atteint mes limites physiques avec la technique dont je disposais. Il m'a fallu tout réapprendre, de nouveaux gestes. C'est comme si après des années de tennis tu décidais de passer au revers à deux mains ou de modifier ton service. Tu réapprends à placer tes épaules, la position de tes doigts, la griffe… Mais ce n'est qu'en achetant l'Aphrodite que j'ai su que j'avais rencontré mon instrument.

L'Aphrodite était le modèle de sa harpe de concert. Son antériorité, ainsi que la longue campagne de conquête dont elle avait fait l'objet me rappelaient que j'étais le dernier arrivé dans cette formation, et que je devais encore trouver où poser mon pupitre. La nuit suivante, je me réveillai en sursaut, éprouvé par un épouvantable cauchemar : notre enfant venait de naître, avec une jolie tête de poupon, des bras et des jambes tout roses, mais une table d'harmonie en acajou et des cordes à la place du corps. Je me levai pour boire un verre d'eau et sécher ma sueur. À mon retour dans le lit, je trouvai Charlie, yeux grands ouverts.

— Je suis désolée, dit-elle, avec douceur, comme si elle avait tout deviné de mon songe.

Puis elle se faufila sur moi, épousant mon corps de sa chaleur, suscitant aussitôt un désir intense. De ce point de vue-là, mon fonctionnement est aussi rudimentaire qu'une corde de harpe, il suffit qu'on me gratte pour que je me tende et émette un son.

— On va faire une liste de prénoms, murmura-t-elle, en déposant une ligne de baisers furtifs dans mon cou.

— En pleine nuit ? m'étonnai-je.

Elle opina, tout en laissant sa main courir sur mon ventre.

— On peut faire plein de trucs en pleine nuit…

— J'ai pensé à Gaïa ou Eurydice, rétorquai-je, perfidement.

— Mais t'es con, toi.

J'avais préparé mon coup en allant visiter les sites de Lalande et de Barbieri, les principaux facteurs de harpes en Europe. La Gaïa était une harpe d'entrée de gamme, légère, parfaite pour les musiciens en herbe. L'Eurydice incarnait la fine fleur des harpes à pédales, elle était sculptée à la main, dorée à l'or fin vingt-quatre carats. J'avais aussi effectué des repérages chez Pearl & Dale, le grand luthier basé à Chicago. Selon Charlie, ces harpes américaines approchaient la perfection, mais leur prix, qui pouvait dépasser soixante mille dollars, en faisaient des objets difficilement accessibles. Quant à leurs noms : LS11, LS23 ou 15 Special, ils ne m'avaient été d'aucune utilité pour décocher ma flèche venimeuse.

— Message reçu, murmura-t-elle. Je vais changer.

À l'aube, je me levai bien avant Charlie et déambulai silencieusement dans le loft. Je manquai de renverser la plus petite de toutes, la harpe de barde, splendide objet en palissandre qui tenait dans les mains. Elle ne reposait jamais loin du pied de notre lit, car Charlie en jouait de temps à autre avant d'éteindre la lumière. Plus loin, la troubadour reposait sur un socle à côté du canapé, d'un mètre à peine et suffisamment légère pour être glissée dans une housse à bretelles. Lorsque Charlie l'emportait d'un pas alerte sur son dos, je voyais voleter un papillon. Contre la bibliothèque se dressait la kora, l'instrument du griot, qu'elle avait rapporté d'un séjour au Sénégal. Charlie s'en saisissait au retour d'un concert éprouvant. Elle improvisait, pouces en avant sur les cordes, comme pour se nettoyer de la rigueur chromatique d'un Beethoven ou d'un Tchaïkovski, faisant s'élever de lancinants motifs qui nous liaient au continent ancien de la musique. La harpe andine, à la table et à la colonne richement marquetées, était une réplique de celles qu'avaient introduites en Amérique du Sud les conquistadors. Elle était postée près de la porte d'entrée comme une sentinelle farouche dont personne ne pouvait ignorer la présence. Et puis, il y avait l'Aphrodite, solidement plantée au milieu du loft, qui jouait désormais un rôle central dans ma vie. Je les observai, les unes après les autres, dans le calme de l'aube, songeant que nous formions une étrange famille, tous si différents, unis par l'amour que nous portait Charlie.

La neige tombait à gros flocons et gommait les pavés de la cour. La tempête avait surpris la France entière et on recommandait aux particuliers de limiter leurs déplacements. Charlie zippa la housse matelassée sur la colonne de sa harpe, dans un silence hostile. Restait le socle à ajuster et l'instrument serait paré à voyager. Je l'observais, tandis qu'elle glissait le pupitre dans son étui, comme si de rien n'était. Puis elle attrapa son jeu de cordes de rechange et daigna enfin m'accorder un regard.

— J'ai consulté la météo, la neige ne va pas tenir, assura-t-elle.

— Ce n'est pas ce que j'ai entendu.

— Si, ils disent qu'il ne fait pas assez froid.

— Ici peut-être, mais à Verdun…

Elle fronça les sourcils, comme si elle se souvenait subitement de sa destination.

— Deux heures et demie de trajet, ce n'est pas la mort non plus.

— Il vaudrait mieux, oui, rétorquai-je, peu enclin à plaisanter.

— Je n'y peux rien si l'hiver a décidé d'arriver avec un mois d'avance…

— Sauf que si tu avais pris le train avec les autres, on s'en foutrait du temps qu'il fait !

— Et la harpe ?

— Ils n'avaient qu'à prendre en charge le transport ! Putain, on en a parlé dix fois !

Notre première authentique dispute grondait et roulait depuis deux jours. De chamaillerie, elle enflait en querelle, puis faisait mine de s'apaiser, contenue par les remords, se retirant quelques heures en laissant nos âmes blessées, mais gare à qui s'avançait pour panser les plaies, car à tout moment elle pouvait se reformer et aplatir l'autre dans l'écume. Tout concourait à la déclencher, la déferlante de froid polaire, la grossesse de Charlie, le mauvais état de la Clio, la durée de ce séjour à Verdun, et mon boulot qui m'empêchait de me rendre à la première du spectacle. Nous étions allés si vite. Tout à notre bonheur, notre surprise, notre découverte. J'aurais voulu croire qu'après avoir emménagé ensemble, puis engendré un enfant, nous pratiquions la scène de ménage dans le seul but de ne laisser aucune zone blanche dans notre couple. Mais c'était davantage qu'un exercice. La harpe occupait une place de choix au centre du vortex, et il m'arrivait, à bien l'observer avec ses stries verticales et son cadre sombre, de lui trouver un air de cage. La question était de savoir de quel côté des barreaux je me tenais.

— Basile, reprit Charlie, ce n'est pas une grosse prod, ils n'ont pas de fric. Je t'ai demandé ce que tu en pensais et tu m'as dit OK !

— Ben oui, je n'allais pas t'empêcher de jouer, quand même !

— Donc, on est tombés d'accord ! Je ne comprends pas pourquoi tu reviens toujours là-dessus, ajouta-t-elle, en positionnant l'instrument sur son diable.

— Parce que tu es enceinte de cinq mois, que cette bagnole est un vrai tape-cul et que le Dr Lehman veut que tu te ménages !

— Ah ! Elle est bonne celle-là. Et c'est à cause de qui si je vais là-bas ?

Charlie était la personne la plus droite que j'avais rencontrée, mais en matière de musique, et particulièrement s'il s'agissait de musique contemporaine, elle était capable de vous raconter que la neige était assez chaude pour y faire cuire des nouilles.

Peu de temps après notre première visite au cabinet du Dr Lehman, sa femme avait pris contact avec Charlie.

— Bonjour, je me permets de vous appeler, c'est mon mari qui m'a donné vos coordonnées. Je suis corniste et je participe à la création d'un opéra contemporain, à Verdun, pour le centenaire de l'armistice. Il se trouve que la harpiste qui devait le faire vient de nous planter. Alors voilà, tout le monde cherche, ce n'est pas évident de dégoter quelqu'un au pied levé.

— Oui, vous faites bien. Qui est le compositeur ?

— Takashi Sokowa.

Après avoir raccroché Charlie exultait. Sokowa était un compositeur de musique contemporaine réputé dans le milieu de la musique savante « extratonale ». Ses détracteurs comparaient ses partitions aux tiroirs du rayon visserie du BHV. Ses laudateurs voyaient en lui la réincarnation de Pierre Boulez avec des yeux bridés. S'il n'avait aucune chance de remplir le Zénith, ses fans étaient capables d'aller jusqu'à Verdun. Évidemment, Charlie avait accepté et sur le moment j'avais trouvé cela formidable. Tout ce qui consistait à enrichir sa pratique de la harpe la ravissait et son bonheur stimulait le mien. Dans ce type de répertoire, elle ne manquait pas de défis à relever. Les dissonances de Sokowa, si elles avaient eu un équivalent pictural, auraient fait passer Kandinsky ou Miró pour des militants de l'art académique. Ce qui signifiait que du point de vue du plaisir d'écoute, c'était une autre affaire, évacuée par Charlie d'un revers de partition.

— La musique contemporaine, on apprend à l'écouter. Il faut du temps, mais un univers somptueux s'ouvre à toi.

En attendant que s'écoulent les deux ou trois réincarnations nécessaires pour atteindre le niveau en question, j'assistai, intrigué, à l'installation d'un atelier de mécanique dans le loft. Débusquer le son réclamé par le maître nécessitait de jouer avec des baguettes métalliques, de glisser des feuilles de papier d'alu entre les cordes ou de frapper la table d'harmonie avec une durite. Quant à notre fille, je me demandais si de tels sons risquaient de nuire à son développement, ce qui faisait s'esclaffer le Dr Lehman : « Si vous saviez ce que mes enfants ont entendu dans le ventre de leur mère. Une fois elle a rempli son cor de mini-billes d'acier, ça sonnait comme un orage sur le toit d'un hangar. »

En tout cas, il avait gagné le droit de mettre au monde notre fille, car plus jamais, après Verdun, Charlie ne parla de changer de praticien.

Charlie avait empoigné son diable et me tournait ostensiblement le dos. Dans quelques secondes nous allions nous séparer pour trois semaines. Je n'en avais pas envie et ne voyais pas d'autre moyen, pour la garder encore un peu avec moi, que de continuer à débattre, au risque de teinter son départ de plus d'amertume.

— Charlie, quand la petite sera née, on fera quoi de la Clio ?

— Il faut vraiment en parler maintenant ? soupira-t-elle.

— Oui, je crois que ça me ferait du bien d'entendre une réponse claire, du style : C'est vrai qu'il n'est pas évident de rentrer une harpe et son diable dans une Clio, alors avec en plus un bébé, la poussette…

— Et toi, m'interrompit-elle.

Elle m'avait mouché, mais cette fois je le méritais.

— Et moi, répétai-je. Quoique je sois la variable dont on puisse le plus facilement se passer…

Charlie lâcha le diable et fit deux pas pour me rejoindre. Elle m'enlaça en silence. La chaleur de son corps rayonnait si intensément qu'aucune banquise n'aurait pu lui résister. Je l'embrassai et caressai doucement ses fesses, ses seins, son ventre. Comme pour en figer la mémoire dans ma paume.

— Tu as raison, finit-elle par lâcher. Il faut y réfléchir sérieusement. N'empêche que je n'aurai plus rien à moi. Déjà l'appart, maintenant la voiture…

— Charlie.

Elle se détacha et me fixa longuement.

— On a tort de se disputer. Tu vas me manquer, c'est long trois semaines.

— Tu auras Sokowa.

— Il ne me fait pas le même effet que toi.

— Je le prends pour un compliment.

— Tu peux.

— Si tu veux, renchéris-je, je peux profiter de ton absence pour regarder des annonces, les prix sur *L'Argus*, je vais voir des modèles, et on prend la décision quand tu rentres.

— Tu ne lâches jamais le morceau, sourit-elle.

— C'est pour ça que je te plais.

— Quelle que soit la voiture, il faudra qu'on essaye avec la harpe.

Je sentis qu'on allait repartir pour un tour, comme avec les ascenseurs.

— Je prendrai des mesures, on vérifiera à ton retour.

— D'accord, mais pas de breaks, je n'en peux plus de la rentrer à l'horizontale.

— Alors quoi ? Genre monospace ?

— Il faut qu'on puisse la rentrer à l'arrière par la tranche.

J'acquiesçai, en posant la main d'autorité, sur la poignée du diable.

— Tu me laisses t'aider ?

— Bien sûr, lâcha-t-elle, après un court instant d'hésitation.

Je pris les commandes et nous nous dirigeâmes vers la sortie.

— Ça ne va pas être évident quand j'aurai un gros ventre. D'ici quelques semaines, je ne pourrai plus la transporter, admit-elle, tandis que nous pénétrions dans le monte-charge.

pas en cuissardes, tant qu'il y est ? De toute façon, je ne l'ai jamais laissé venir chez moi et vu qu'il a trois chats hystéro, il n'y avait pas de risque que j'apporte une harpe chez lui. »

Les chats sont les ennemis des harpistes. Ils ont tendance à user leurs griffes sur la colonne, ou à l'escalader pour prendre position sur le chapiteau dans la position favorite de leurs ancêtres d'Égypte antique. S'ils sont téméraires, ils tentent la descente par les cordes dont ils ne voient pas en quoi elles diffèrent d'un banal grillage. Les chats n'aiment rien autant que s'allonger dans la housse de transport, y perdre des poils qui se prennent à la base des cordes et assourdissent le son. S'ils sont jeunes ils se faufilent par les ouïes arrière et se perdent dans la caisse de résonnance, transformant l'instrument en chambre d'écho pour leurs miaulements apeurés. Tapis à distance, les chats observent le jeu de pédales, les oreilles aplaties, et quand ils jugent en avoir assez des dièses et des bémols, bondissent sur les pieds de la harpiste, déclenchant hurlements et fausses notes.

J'étais tellement soufflé par la présence de Cédric que je restai sans réaction, jusqu'à ce qu'il se comporte comme en terrain reconquis.

— Dis donc, ça pousse, susurra-t-il en posant sa grosse paluche sur le ventre de Charlie. Ça te va bien, c'est assez sexy. Si j'avais pensé un jour…

Elle détourna le regard, extrêmement mal à l'aise.

L'envie impérieuse de la retrouver me saisit quinze jours plus tard, au sommet d'un peuplier, dans le jardin du château de Chantilly où nous procédions à l'élagage des arbres les plus anciens. À trente mètres d'altitude, secoué par les rafales du nordet, les muscles tétanisés par l'effort au point que vous vous demandez si vous serez capable de regagner le sol, vos pensées se détournent de l'accessoire et le principal vous apparaît. En quelques solstices, Charlie m'avait durablement exposé aux effets de sa fantaisie, de son talent. À son contact, j'avais endossé les rôles d'amant, de compagnon et de futur père, glissant de l'un à l'autre en toute simplicité. Contrairement à ce que je croyais avant de la rencontrer, une relation amoureuse pouvait se révéler limpide comme un ciel d'hiver. Même si, nous venions d'en faire l'expérience, quelques faîtages parvenaient à le griffer de-ci, de-là, ou un groupe de corbeaux, dérangé par le bruit des tronçonneuses, y tournoyait. Nous nous étions réconciliés depuis son départ. N'ayant à notre disposition que des moyens virtuels pour nous retrouver, le côté épidermique de tout ceci avait été gommé et le sentiment de manque se creusait chaque jour un peu plus. En descendant de mon arbre, je négociai un congé avec mon chef d'équipe, puis je fonçai à la Fnac réserver une place pour la première de Sokowa.

Vêtu de mon plus beau costume, je débarquai à Verdun après un trajet en TER jusqu'à Château-Thierry, où j'avais attrapé de justesse l'autocar pour Châlons-en-Champagne et, de là, une correspondance pour ma destination finale. L'hiver était extrêmement rigoureux, la Meuse charriait des glaçons et les contours des immeubles s'estompaient dans la bruine. Mon premier sentiment fut qu'on avait abandonné cette ville dans un recoin du territoire, tel un souvenir amer logé entre deux renfoncements du cerveau. Et les célébrations de l'armistice ne risquaient pas d'y attirer davantage une foule joyeuse et colorée. L'opéra de Sokowa était censé être le clou de la fête, le point final mis à trois mois de commémorations entamées en novembre, mais la scénographie, à propos de laquelle Charlie m'avait abreuvé au téléphone d'évocations dithyrambiques, me laissait perplexe : un décor construit avec de la boue et des souches, un cratère d'obus au milieu du plateau, des barbelés autour de la fosse, un livret créé à partir d'extraits des correspondances de poilus, des éclairages crépusculaires, une brume rampant en permanence sur la scène. En l'entendant me décrire ce dispositif avec un tel enthousiasme je m'étais demandé si la musique de Sokowa n'avait pas un effet dopant sur ses interprètes, un peu comme le vin rouge qu'on distribuait aux fantassins pour leur faire supporter l'horreur des tranchées.

La représentation avait lieu dans le Centre mondial de la paix, dont la solennité architecturale seyait à l'objectif qui lui avait été fixé : en faire un lieu de rencontre et de réflexion pour la promotion de la fraternité, de l'esprit de concorde, des libertés et des droits de l'homme. Je m'assis au troisième rang de l'orchestre d'où j'aperçus la colonne de la harpe qui émergeait de la fosse. Je venais de passer deux semaines sans l'Aphrodite et la revoir provoqua en moi une joie inattendue. J'avais sous les yeux l'ombre de la femme que j'aimais avant qu'elle ne se présente elle-même, en chair et en os. Je me demandai furtivement si Charlie aurait vibré de la même façon à la vue d'un sécateur ou de la broyeuse à bois. Mais je connaissais la réponse. D'autres questions, en revanche, restaient irrésolues : Charlie avait-elle souffert comme moi de nos escarmouches ? Notre séparation avait-elle été aussi difficile pour elle qu'elle l'avait été pour moi ? Allait-elle être heureuse de me retrouver, ou simplement étonnée ?

À quelques minutes du lever de rideau, un *smog* épais envahit la scène, débordant en volutes lourdes jusqu'aux deux premiers rangs de spectateurs, alors que des quintes de toux se propageaient dans le public. Rapidement, seul le sommet de l'Aphrodite resta visible. Elle était le phare de l'orchestre. Les halos des veilleuses sur les pupitres dessinaient dans la fosse embrumée un paysage de vallée lointaine semée d'habitations éparses. La gorge ne tarda pas à me piquer et je commençai à m'inquiéter pour les interprètes. J'espérais qu'on leur avait fourni des masques à gaz pour jouer dans une telle purée de pois. Sans compter la nocivité pour une femme enceinte dont je n'eus guère le temps de me préoccuper car la guerre venait d'éclater. Je n'avais même pas vu les musiciens prendre place quand survinrent les premiers bombardements, suivis de tirs secs. On entendait le sifflement des balles et les fracas du métal. Ce n'était pas une bande-son, mais bel et bien un déchaînement de percussions auquel se mêlaient les stridences des cuivres et les plaintes des cordes écartelées. Le chapiteau de la harpe se balançait chaotiquement au-dessus du brouillard et je me réjouis de savoir qu'à défaut de voir Charlie, je distinguais son émanation la plus précieuse. Le volume me vrillait le tympan, mais cela avait une autre allure que les bricolages entendus à la maison. Impossible de ne pas être transi lorsque quatre silhouettes fantomatiques s'élevèrent du cratère central, entonnant leurs psalmodies au milieu des détonations. Seul bémol, les chanteurs étaient japonais, ce qui faisait plus Seconde Guerre mondiale que Première. Pour être honnête, je dois avouer que je regardai ma montre une première fois après vingt minutes de spectacle. Deux heures plus tard, je compris que l'armistice était signé lorsque fusèrent des applaudissements nourris et des bravos. Les spectateurs se levèrent pour applaudir et j'eus du mal à les imiter. J'étais avachi, éreinté, aussi lessivé qu'après quatre années passées dans la boue, le froid, à manger des boîtes de conserve avariées, en perdant mes camarades les uns après les autres. À aucun moment la musique n'avait concédé quelque mesure que ce soit au confort d'écoute et lorsqu'elle avait ménagé un espace pour les chœurs, les voix humaines avaient laissé échapper de tels sons que j'en étais venu à espérer le retour du tumulte instrumental. Qui pourrait encore songer à envahir son voisin après avoir écouté un tel opéra ? Plus jamais ça ! Le Centre mondial de la paix pouvait se féliciter d'avoir atteint son objectif.

Ceux qui professent que la musique adoucit les mœurs n'ont jamais entendu celle de Takashi Sokowa. En me faufilant hors de la salle, parmi les spectateurs enthousiastes, j'espérais que ce succès évident ne lui donnerait jamais envie d'écrire un autre opéra, ou alors sans harpe. Ne me restait pour atténuer mon ébranlement nerveux qu'à gober un ballon de rouge en surveillant la sortie des artistes. Comme d'habitude, les violons, flûtes, trompettes et petits bois, faciles à remiser dans leur étui, apparurent en premier et se ruèrent au bar. Rapidement suivirent les gros cuivres, saxos, trombones, tubas, et enfin survinrent les instruments complexes à ranger, que l'on déplace avec difficulté entre les rangées de chaises et les pupitres, au dernier rang desquels figure toujours la harpe de ma Charlie. Malgré le supplice que venaient de m'infliger ces forçats de la note en habits et en robes noires, je les observais avec bienveillance, les voyant revenir à la vie normale, trinquer, se féliciter, enlacer leurs proches. Insensiblement le volume sonore augmentait, les rires fusaient, la tension s'évanouissait et rapidement j'eus l'impression d'avoir affaire à des sportifs en troisième mi-temps plutôt qu'à des musiciens virtuoses. C'est un phénomène incroyable. À l'issue de chaque représentation à laquelle il m'a été donné d'assister, j'ai été le témoin de la sidérante transformation physique de Charlie. Ses traits se libèrent de leurs entraves, de fines ridules creusées par le stress autour de ses yeux s'aplanissent en quelques minutes, ses pupilles, réduites à de fines têtes d'épingle, laissent à nouveau passer la lumière, puis vient le premier sourire, ses épaules se relâchent et une forme de grâce élastique investit chacun de ses mouvements. Elle se réadapte à un monde sans musique, comme en moindre apesanteur, et ses muscles, déliés de la partition, se consacrent à nouveau au quotidien. Il y avait cependant un point sur lequel Charlie mettait plus de temps à « redescendre » : la libido. L'énergie du concert laissait couver une boule de feu dans son corps pendant plusieurs heures. Une fois qu'on l'avait compris, on ne s'endormait jamais devant la télé lorsque sa femme était partie jouer. Au contraire, on restait éveillé, en forme, et s'il le fallait on prenait une douche. Vu l'effet que lui produisaient les symphonies ou les pièces de musique médiévale – nous avions frôlé le sacrilège dans une galerie du cloître de l'abbaye de Fontevraud, à la suite de la représentation d'un répertoire de trouvères –, je m'attendais à ce que le contemporain l'allume comme jamais. Sokowa me devait bien ça après un tel lessivage de tympans. Ces quatorze jours et quatorze nuits de séparation avaient creusé un nœud en moi, si profond qu'on aurait pu y loger une famille de hiboux. Par pudeur, j'essayais de ne pas trop penser au moment où nous allions nous retrouver dans l'intimité car les images qui me venaient étaient salaces. Je crois beaucoup à l'amour, mais aussi énormément aux preuves d'amour. J'en étais là, avec mon verre de vin rouge, à remuer des pensées libidineuses en affichant un sourire idiot, lorsque Charlie apparut. Elle resplendissait dans sa longue robe noire, les épaules dénudées, le décolleté souligné par une fine dentelle. Ses longs cheveux blonds relevés en un chignon qui dénudait son cou et sa nuque. Son ventre, dont j'avais l'impression qu'il s'était arrondi en deux semaines, était moulé par la soie, tout comme sa poitrine, qui avait pratiquement pris deux bonnets. Pour le reste, ses formes étaient aussi fines que d'habitude. La grossesse glissait sur elle sans la marquer, si ce n'était en conférant à son teint un éclat encore supérieur. Quel dommage d'avoir caché une telle splendeur dans de la fumée artificielle pendant tout le spectacle. J'étais certain que si j'avais pu la voir caresser sa harpe, l'étreindre à mains nues ou munie d'accessoires, la faire vibrer, feuler, grogner, et l'étouffer, la retenir, avant de la lâcher à nouveau, eau vive et fontaine tout à la fois, ces deux heures et demie de concert auraient duré trente secondes. Je fis un pas dans sa direction, ses yeux s'arrondirent lorsqu'elle me vit, je savourai sa surprise, ainsi que la satisfaction, mêlée à du soulagement, qu'elle semblait ressentir. Ses pupilles se brouillèrent et je me sentis moi-même submergé par une émotion intense. Nous allions nous unir à nouveau, rien ne pouvait prolonger cette séparation. Sauf cette masse noire et conséquente, un dos en l'occurrence, qui s'interposa entre elle et moi, et l'engloutit.

— Mais ma chérie, quel choc ! entendis-je. (Et pour moi, donc, car je connaissais cette voix.) Une œuvre pareille, on n'en entend qu'une fois dans sa vie. (Encore heureux.) Évidemment, je t'emmène dîner !

Charlie m'adressa un regard de noyée par-dessus l'épaule de Cédric, car c'était de lui qu'il s'agissait, ce fat, cet escroc intellectuel, celui pour qui soi-disant elle avait joué nue. J'avais un jour vérifié l'information auprès de Charlie pour en avoir le cœur net. Elle avait éclaté de rire : « Et pourquoi

— Si tu avais pensé quoi ? dis-je, en tapotant sur son épaule.

Cédric se retourna vivement.

— Mais tu es là, toi ?

— Oui, ça t'étonne ?

— Charlie m'avait dit que tu restais à Paris, alors comme j'avais un rendez-vous… pas loin…

— À Verdun ?

— Et j'aime Sokowa, se justifia-t-il. Alors Sokowa par Charlie, tu imagines.

— Non, je n'imagine pas, justement, répondis-je, sèchement.

Charlie s'empara de ma main qu'elle serra fort à deux reprises. Le message était clair : laisse tomber, Basile, ça n'en vaut pas la peine.

Je m'efforçai de garder mon sang-froid. Cédric s'était engouffré à sa manière, détestable et m'as-tu-vu, dans la brèche, parce que j'en avais laissé une s'ouvrir. Évidemment, dans cette période où nous nous disputions sans trêve, puis ici, en pleine bataille, sans personne auprès d'elle, Charlie avait dû ressentir une grande solitude. Et il avait suffi que Cédric l'appelle au bon moment. Ou peut-être même avait-elle décroché son téléphone elle-même : « Tiens, je joue à Verdun, une première mondiale et mon mec ne vient même pas… » Je m'y connaissais sans doute mieux en végétaux qu'en musicienne, mais il y a des façons communes d'agir envers ceux que l'on chérit, quel que soit le règne auquel ils appartiennent. Si, par exemple, nous nous promenions dans un jardin où j'avais eu l'occasion de semer et d'organiser un parterre, c'était arrivé au parc floral de Vincennes, je ne manquais pas l'occasion de faire découvrir à Charlie mon travail, de lui expliquer la différence entre des fleurs simples et des fleurs doubles, le pourquoi de tel ou tel greffon, l'avance ou le retard pris sur la saison. Charlie jouait dans un spectacle autrement plus détonnant qu'un massif de rhododendrons, à des centaines de kilomètres de la maison, enceinte, de moi. Et qu'avais-je fait ? Ou plutôt que m'étais-je abstenu de dire « bien sûr, je serai présent le soir de la première » ? Ils étaient des milliers à s'être produits dans *Les Quatre Saisons*, mais qui d'autre que Charlie les avait interprétées comme Charlie ? Ce qui valait pour Vivaldi valait pour Sokowa. Lorsque sa harpiste de chevet participe à un événement musical exceptionnel, on se comporte comme tout horticulteur digne de ce nom : on s'intéresse, on échange, on partage et, surtout, on répond présent. Sinon, il ne faut pas se plaindre de voir se développer des saprophytes tels que Cédric. Charlie s'était éloignée pendant deux semaines, mais moi, je l'avais abandonnée.

— Ça me fait vraiment plaisir que tu sois là, me dit-elle avec délicatesse. Mais pourquoi tu ne m'as pas prévenue ?

— Je suis parti sur un coup de tête, parce que je voulais te dire quelque chose que je ne pouvais pas dire au téléphone…

— Je t'écoute, répondit-elle, inquiète.

La présence de Cédric ne me gênait plus. Le vent l'avait chassé. J'attirai Charlie contre moi, elle se laissa faire, non sans une certaine appréhension.

— J'étais perché au sommet d'un arbre, poursuivis-je, et j'ai réalisé combien tu me manquais. Alors je me suis dit que je voulais me marier avec toi.

J'ai évoqué la stupéfiante métamorphose du visage de Charlie au sortir de scène. Je ne sus quelle part attribuer à mon annonce dans le phénomène qui suivit, mais l'extrême douceur qui s'étendit sur son visage me donna une indication sur la teneur de sa réponse. Quant à Cédric, qui n'avait pu s'empêcher de tendre l'oreille, il me sembla, quoique je sois insuffisamment qualifié en médecine, qu'il inaugurait une poussée de psoriasis.

En juin, la Clio termina sa carrière dans la grange où le siège passager et la banquette arrière l'attendaient sous une bâche depuis plusieurs années. L'émouvante cérémonie de reboulonnage se déroula en présence des parents de Charlie, qui n'étaient pas fâchés que leur fille roule dans une voiture plus moderne. Avant que nous repartions en 806, Charlie ôta la batterie de la Clio et la confia à ses parents, qui l'acceptèrent dans un élan solennel, s'en emparant comme d'un organe précieux qu'il fallait garder en état pour la prochaine fois. Nous avions privilégié la solution de l'exil à celle de la disparition sur Leboncoin.fr, mais au fond de nous personne ne croyait vraiment qu'il y aurait une prochaine fois pour la Clio.

Le Peugeot 806 a l'avantage d'être un monospace à haute gueule arrière. Ses concurrents, le Touran de Volkswagen, le nouvel Espace de Renault, le Ford B-Max ou le Voyager de Chrysler, ainsi que quelques autres, qu'on avait essayé de nous refiler en nous faisant passer pour des maniaques obsessionnels, avaient systématiquement été recalés : « Une harpe ? Mais ce sera sans problème. Non, non ce n'est pas la peine de venir essayer avec l'instrument. Notre modèle offre un des plus larges volumes du segment. Nous fournissons certains tour-opérateurs, qui les utilisent comme minibus. » Sept touristes américains, peut-être. Une harpe, non. Chaque fois que nous nous pointions avec l'instrument, des regards ironiques ou stupéfaits nous accueillaient. On voit aussi souvent des harpes dans des garages que des moteurs seize soupapes, à la salle Pleyel. Le concessionnaire, à qui le charme de Charlie et l'avancée de sa grossesse n'échappaient pas, se sentait pousser des ailes. Il se précipitait pour l'aider à manœuvrer l'instrument et subissait aussitôt un ferme rabrouement : « Il faut que j'y arrive seule. » Je restais prudemment à l'écart, sachant que Charlie appréciait les manifestations de galanterie à peu près autant qu'un plat de tripes. Puis j'observais la mine du type s'allonger à mesure qu'il prenait conscience que son véhicule échouait au crash-test. En général, il s'agissait d'une insuffisance d'envergure verticale du coffre, qui empêchait d'introduire l'instrument sur la tranche, c'est-à-dire la colonne. De temps à autre, la hauteur mesurée à l'orée du hayon convenait, mais il y avait un arceau de renfort ou un boudin décoratif qui coinçait quelques centimètres plus loin à l'intérieur. Aujourd'hui, la tendance est de pouvoir escamoter les sièges dans le plancher du véhicule, ce qui a conduit les ingénieurs à surélever ledit plancher pour ménager l'espace nécessaire. En conclusion, les véhicules récents sont spacieux, confortables, mais impropres au transport de harpe, sauf à la tourner de quatre-vingt-dix degrés et à la basculer à plat dans le coffre, or Charlie n'avait pas abandonné la Clio pour trouver pire en dépensant plus. Conseillés par un ami charpentier, qui avait l'habitude de transporter des bastaings et des poutres, nous nous tournâmes vers ce modèle dont Peugeot venait d'abandonner la production. On pouvait lire dans les revues spécialisées que le 806 était rudimentaire et peu ergonomique, que sa motorisation était paresseuse et sa ligne dépassée, mais je peux certifier qu'il mérite le titre de voiture officielle de transport de harpe. Le volume intérieur, cubique et sans fioritures, est idéal. En ôtant un des trois sièges du deuxième rang, celui de droite, par exemple, l'avant de la harpe vient buter à l'arrière du siège passager et l'arrière s'insère pile dans le coffre. On peut conserver le siège de gauche au troisième rang, et se retrouver, une fois l'instrument chargé, avec cinq places assises et un espace résiduel suffisant pour les bagages. Une occasion en or et un crédit bancaire plus tard, nous étions entrés en possession des clefs, et pour la première fois, lors de notre retour avec la harpe, j'avais pu m'asseoir à côté de Charlie, tandis qu'elle conduisait. Trois ans après notre rencontre, ce n'était pas trop tôt.

Harpo Marx avait choisi de ne jamais prononcer un mot dans ses films, il préférait les klaxons à trompe aux logorrhées, faisait jaillir des pans de son long manteau des jambes de bois, des sardines ou des enseignes de coiffure. Il mettait le doigt sur l'absurdité du monde, puis sur les cordes de sa harpe. Évidemment, Charlie était fan. Elle possédait de vieux enregistrements VHS des films des Marx Brothers, dont la qualité se dégradait à mesure des visionnages, mais les scratches et les distorsions d'images n'empêchaient pas mon amoureuse de se gondoler devant les scènes d'humour absurde. Aussi, lorsqu'à deux semaines du terme, on lui proposa de participer à un ciné-concert d'*Un jour aux courses*, pendant le festival d'Avignon, accepta-t-elle sans hésiter. Elle me refaisait le coup de Verdun, en pire. J'étais terriblement inquiet, mais elle avait réponse à tout. Si près de l'accouchement, le Dr Lehman lui avait déconseillé de conduire sur une aussi longue distance. Qu'à cela ne tienne, elle mettrait la harpe dans le 806, puis le 806 sur le train, au départ de la gare de Bercy. Mais sur place, qui l'aiderait à déplacer la harpe ? Le directeur de la salle de cinéma, qui organisait la projection dans une carrière située à une dizaine de kilomètres de la ville, lui avait promis assistance. Et puis n'avait-elle pas investi dans ce trolley qui ressemblait à un déambulateur à roulettes, doté de pneus larges et d'un système de fixation par tendeurs, tellement plus commode et nécessitant moins d'efforts que l'ancien diable ? Le déplacement serait bref, elle partirait un vendredi, jouerait le soir, dormirait à l'hôtel et rentrerait le lendemain. Pas même vingt-quatre heures d'absence. Avait-elle seulement conscience que le travail pourrait se déclencher là-bas, relançai-je, que je risquais de ne pas assister à la naissance de notre fille ? Et moi, répondit-elle, avais-je déjà vu cette scène d'anthologie dans laquelle Harpo débutait un concert au piano ? Il en jouait comme un bûcheron sous acide et finissait par désosser l'instrument, le réduisant en petit bois duquel il exhumait la table d'harmonie pour la dresser à la verticale et finir son récital en s'en servant comme d'une harpe. On savait rire en 1937. Elle ajouta, espiègle, qu'on appelait justement « harpe », le jeu de cordes et de marteaux installé sur un cadre horizontal à l'intérieur de la caisse d'un piano, ce qui me fit la soupçonner de ne voir en un Steinway qu'un flycase hors de prix.

Le jour du départ je l'accompagnai à la gare de Bercy. La remise à niveau qu'elle m'avait imposée sur la filmographie des Marx Brothers n'avait pas modifié mon appréhension, même si elle avait adouci ma colère. Ces types-là étaient des génies et si les passages musicaux avec Harpo n'étaient pas mes préférés, les scènes du miroir dans *Duck Soup*, ou de la cabine de bateau dans *Monkey Business*, me laissaient dans un état de sidération émerveillée. Le non-sens est le visage parfait de l'intelligence.

Comment pouvais-je reprocher à ma femme d'avoir envie de participer à un tel spectacle ? C'était approcher la cascade du talent d'assez près pour s'exposer à ses embruns. Moi-même, au contact de Charlie, n'avais-je pas le sentiment d'être éclaboussé par le beau et le délicat ? Il suffisait d'être là, à certaines heures, lorsque dans le soleil la harpe se transformait en chute d'eau et que les mains de Charlie plongeaient dans le ruissellement des cordes. J'étais coupeur de bois, fouilleur de racines, mais bien plus qu'avant lié au ciel.

— Tu crois qu'on va passer là ? s'inquiéta Charlie en atteignant le portique d'embarquement.

J'observai la barre de gabarit horizontale en acier, recouverte de hachures rouges et jaunes. Hauteur maximale du véhicule : un mètre soixante-quinze. J'avais passé tellement d'heures à mesurer des habitacles de monospaces que j'étais devenu incollable sur leurs mensurations.

— On fait un soixante et onze, la rassurai-je.

Charlie ralentit, avançant centimètre par centimètre, laissant la barre de gabarit se perdre peu à peu dans les hauteurs du pare-brise, lorsqu'un agent de la SNCF apparut sur la rampe en moulinant des bras. Charlie pila aussitôt.

— Madame, il faut reculer, déclara, impassible, l'agent SNCF, dont le visage me parut familier.

Derrière nous, une voiture se mit à klaxonner. Il s'agissait d'une décapotable anglaise des années soixante-dix, une voiture de minet au moins aussi usée que son conducteur dont la calvitie affleurait au sommet du pare-brise.

— J'ai une réservation dans ce train, expliqua Charlie, en ouvrant sa vitre.

— Certainement, mais votre véhicule ne pourra pas monter à bord, lâcha l'homme en uniforme, toujours aussi calme.

Persuadé d'avoir rencontré ce type, je fouillais ma mémoire plutôt que de participer à la conversation. En juillet, on éclaircit les fruitiers et j'avais passé une bonne partie du mois à retirer les poires et les pommes en excès des vergers. Avais-je travaillé chez lui ? Si c'était le cas, il fallait absolument que je m'en souvienne. Un peu de connivence ne serait pas superflue, étant donné la manière dont le voyage de Charlie s'emmanchait.

— Comment ça, je ne peux pas monter à bord ?

— Les 806 n'entrent pas, madame, même sur les rames AGD.

— AGD ?

— Automobile de grande dimension.

— Mais quand j'ai effectué la réservation, on m'a demandé le modèle du véhicule, la carte grise…

— Je sais, toutes les semaines des gens se présentent et je dois les refouler, dit-il, avec flegme.

— Je ne comprends pas, relança Charlie.

— Le logiciel de la résa n'est pas à jour. On leur répète tout le temps. C'est à cause du profil des rames. Elles admettent un mètre soixante-quinze en hauteur, mais pas sur plus d'un mètre trente-huit de large.

Et le 806 mesurait un mètre quatre-vingt-trois de largeur.

— Ça ne concerne pas que votre voiture, madame, mais aussi certains 4 × 4, la marque Jeep…

— C'est une plaisanterie, lâcha Charlie.

— Franchement, madame, je n'ai pas envie de rire. Chaque fois je dois l'expliquer aux usagers, et ça ne m'amuse pas du tout.

Cette dernière phrase me fit l'effet d'un révélateur. L'agent de la SNCF n'était pas un de mes clients, il ne possédait pas un petit lopin de terre en banlieue où poussaient une vingtaine de pommiers. Il était le sosie de Buster Keaton. Je l'avais vu dans une pléiade de films muets. Une tornade pouvait ravager la gare, la façade pouvait s'écrouler, il resterait debout, serait miraculeusement épargné, sans laisser paraître la moindre émotion. Il était sorti d'un écran de cinéma pour descendre la rampe de la gare de Bercy. Après les frères Marx, nous étions placés sous le signe de l'absurde. Le type dans sa Spitfire klaxonna à nouveau, je me retournai. Laurel ? Hardy ?

Charlie grimaça en portant la main à son ventre, désormais si proéminent qu'il rasait le volant.

— Ça va ? m'inquiétai-je.

— Elle m'a donné un coup de pied, ce n'est rien.

— En attendant, madame, il faut que vous reculiez, vous bloquez tout, là, reprit Buster.

— En attendant quoi ? Mais qu'est-ce qu'on va faire ? s'alarma-t-elle.

Elle avait les ailes du nez pincées, le visage si pâle qu'il semblait exsangue. Le tissu élastique de sa robe était déformé par une procession d'ondes et de bosses qui se succédaient sans trêve, comme si notre fille avait décidé de participer à sa première manif. Un instant, je me dis qu'on allait y avoir droit ici, dans la voiture.

— Le bureau des réclamations est gare du Nord, ils vous rembourseront, poursuivit l'agent SNCF, toujours aussi imperturbable.

— Le problème n'est pas de se faire rembourser ! Je dois absolument être à Avignon tout à l'heure.

— Vous, vous pouvez, mais pas votre voiture.

Charlie prit une inspiration profonde. Elle ferma les yeux et décréta :

— On va mettre la harpe dans le train.

L'agent de la SNCF jeta un regard à l'arrière du 806, tandis que je réagissais vivement :

— Ah non ! Là, c'est non ! Je te connais, tu vas la bouger, la porter !

— C'est beaucoup plus gros qu'une valise, intervint Buster. Il se peut que vous ayez à régler un supplément.

— Basile, plaida Charlie, je la laisserai à l'entrée du wagon. Il y a toujours de la place près des toilettes. Je te jure que je ne ferai pas d'efforts.

— C'est ça ! Tu vas rester debout à côté tout le trajet, et chaque fois que quelqu'un aura envie de pisser tu la déplaceras. Là, c'est sûr que tu accouches dans le TGV ! Merci bien.

Elle baissa les yeux en souriant, n'ignorant pas que je proférais des paroles de sagesse. C'est cela qui est bien avec Charlie, quand elle a une idée en tête, elle peut entendre raison. Sauf s'il s'agit de la harpe.

— Il n'y a pas un endroit sécurisé dans le train où vous entreposez des choses importantes ? reprit-elle. Je ne sais pas, moi… le courrier, les sacs postaux ?

— Non, madame, le courrier part avec les trains de nuit. Excusez-moi, mais il faut bouger, là, vous gênez tout le monde et l'embarquement des véhicules doit être terminé vingt minutes avant le départ du train.

Charlie tourna vers moi une paire d'yeux envahis par la détresse.

— Basile, dis-moi que je ne peux pas rater ce concert à cause de trois programmateurs qui ne connaissent pas la forme de leurs wagons.

Évidemment, elle ne pouvait pas.

— Je vais la conduire, répondis-je, de guerre lasse.

— Quoi ?

— Tu montes dans ce train, et moi je prends la route avec la harpe. J'irai directement à la carrière. En fonçant, je serai à l'heure.

— Tu ferais ça ?

De mon point de vue, je n'avais pas le choix. Et je lui savais gré de m'avoir épargné une remarque du style : « Tiens, avec la Clio, on n'aurait pas eu ce problème-là. » Même si elle avait dû le penser très fort.

— Comme ça, j'assisterai à la représentation, ajoutai-je.

Ravie, elle enclencha la marche arrière et conclut, avec un sourire d'enfant :

— Et si j'accouche là-bas, tu seras présent !

Plus tard dans l'après-midi, en roulant en direction du sud sous une pluie battante, je songeai qu'à vivre avec les gens on épouse forcément leurs passions, et je me remontai le moral en me disant que j'aurais pu tomber amoureux d'une avaleuse de sabres ou d'une championne de chute libre.

Une grande harpe s'accorde deux à trois fois par jour, selon la température, les conditions hygrométriques et l'âge des cordes. Sachant que l'on mobilise chaque cheville au niveau de la console au moyen d'une clef d'accord, et que cette manœuvre prend sept à huit secondes et doit être répétée quarante-sept fois, peut-on estimer la part de son existence qu'une harpiste consacre à accorder son instrument ? J'ai calculé : environ dix-huit minutes par jour. Soit neuf heures par mois. Quatre jours et demi par an. En tablant sur une hypothèse raisonnable de soixante années de carrière – Charlie ne s'arrêtera que terrassée par l'arthrose ou victime d'un accident qui lui briserait les membres – on tombe sur trente-huit semaines, en tout. Neuf mois. Ni plus ni moins que le temps d'une grossesse. Charlie aura donc passé le même temps de vie à accorder sa harpe qu'à façonner Lola. L'exercice mathématique n'est pas aussi incongru qu'il en a l'air. Dans les deux cas, il s'agit d'atteindre l'harmonie. Et nous y étions. L'arrivée de la petite Lola dans notre système avait mis en vibration consonante les fils invisibles de nos deux vies. La course du soleil ne séparait plus les journées en phases aussi distinctes, puisque nous ne dormions que quelques heures par nuit. Le tempo était désormais donné par le plus minuscule et le plus exigeant des chefs d'orchestre. Ses tétées avides. Ses repos angéliques. Ses discrets soupirs lors du réveil, à peine le temps d'une croche. Ses yeux d'un bleu de lac profond dardés sur un nouveau monde, dont nous étions les guides zélés. J'aimais l'idée que notre fille n'était rien avant sa conception et que le temps d'un accord, elle était advenue. Aussi loin que je me souvienne j'ai été à l'aise avec les mathématiques, et elles, en retour, ne m'ont guère déçu. Mes parents étaient rassurés de me voir filer vers un bac scientifique, mais quand je leur ai annoncé qu'attiré par les arbres et les fleurs, je me destinais à accomplir des études d'horticulture, ils sont tombés de leur chaise. Eux qui me voyaient en train de fabriquer des avions ou des ponts devraient se contenter de me voir exercer mon tropisme pour la géométrie dans les jardins à la française. Aujourd'hui, père à mon tour, je surveillais du coin de l'œil ce petit être, qui ne tenait pas encore debout, en me demandant quel moment il choisirait pour me planter un couteau dans le dos.

Depuis quelques jours, Lola avait découvert la reptation sur le dos. Elle peaufinait sa tonsure occipitale à même le parquet, comme une grenouille dans sa mare. Pour la troisième fois je la vis frôler le socle de la harpe, sans parvenir à détourner l'attention de Charlie, plongée dans le déchiffrage d'une partition. Déchiffrer est l'expression consacrée. Démêler les notes et les signes. Selon Pythagore la musique est l'art du nombre rendu audible, et elle appartient aux sciences fondamentales, au même titre que l'arithmétique, la géométrie et l'astronomie. N'est-il pas vrai que *do*, *ré*, *mi*, *fa*, *sol*, *la*, *si*, dièse, bécarre, croches et blanches, rondes et noires, quintes, tierces et octaves forment l'algorithme d'une émotion universelle ? Tandis que les chiffres et les signes, les intégrales, les logarithmes et l'infini lui-même figuré constituent un solfège de la représentation du monde. Quelles autres disciplines que la musique et les mathématiques ont-elles inventé une écriture dont la connaissance permet d'accéder aux abstractions les plus pures ?

— Tu étais bonne en maths à l'école ? demandai-je à Charlie, en récupérant Lola juste avant qu'elle ne se retrouve coincée sous une pédale.

— Je ne m'en sortais pas si mal par rapport à mes copines.

— Il paraît que les musiciens sont doués pour les maths.

— Tu en as même qui y ont eu recours pour leurs compos, acquiesça-t-elle. Boulez, Xenakis…

Même Mozart s'y est essayé. Il a écrit une valse aléatoire qu'on pouvait composer en jetant deux dés.

Lola s'agita brusquement, émit un chapelet d'aspirations sonores, et sa tête bascula en arrière. Comme je lui offrais l'appui de ma paume, elle inclina son cou vers mon buste, les lèvres animées d'un tremblement vorace.

— Tu vas être déçue du voyage, lui dis-je, je n'ai rien pour toi.

— Passe-la-moi, sourit Charlie.

J'obtempérai, la regardant ouvrir son chemisier, dégrafer son soutien-gorge d'allaitement, puis rapprocher la petite de son sein. Il m'était donné d'avoir le plus beau point de vue possible sur une harpe, celui qui s'offre depuis l'autre côté du grillage. Tout n'était que douceur en arrière des verticales serrées qui jouaient avec la lumière et moiraient les chairs de la mère et l'enfant. À mesure que Lola se rassasiait, Charlie reprit son déchiffrage comme si de rien n'était. D'une main, elle pinçait les cordes et, de l'autre, s'assurait d'une prise sur notre fille.

Lola s'endormit peu à peu, ne sortant de son bien-être immobile, les lèvres ourlées d'une goutte opalescente, que pour se rattacher au téton s'il s'échappait. J'étais subjugué par la beauté de cette force ancienne, empli d'un sentiment profond d'appartenance à notre espèce. Je ne pus retenir un frisson, j'entrai en vibration avec la musique, les ondulations de la lumière, la chaleur de la terre retenue par le ciel. Si l'équation du bonheur existait, elle me semblait présenter moins d'inconnues qu'auparavant.

Depuis qu'elle avait cessé d'allaiter, Charlie assurait des prestations dans les palaces parisiens qui proposaient un accompagnement musical à l'heure du thé ou du dîner. Dans les établissements trois ou quatre étoiles, la plupart des clients se contentaient du piano, mais à partir de cinq ils réclamaient de la harpe. Le réseau était archi-sélect : Royal Monceau, Crillon, Ritz ou Plaza Athénée, les harpistes se refilaient le plan, cornaqués par un imprésario qui empochait une commission princière. La séance durait trois heures, entrecoupées par une pause de dix minutes pendant laquelle Charlie cavalait dans les contre-allées du quartier afin de remettre de l'argent dans le parcmètre. Non seulement, elle devait transporter son instrument, mais aussi trouver une place pour le 806 dans un secteur où, par définition, le stationnement était hors de prix. En définitive, cela ne rapportait pas tant que ça, sauf lorsqu'un client, le plus souvent âgé et étranger, approchait pour lui glisser cent euros de pourboire. Ces généreux donateurs étaient au moins aussi sensibles à Mozart qu'au charme juvénile de la musicienne. Le mois dernier, l'un d'eux en avait profité pour souffler à Charlie le numéro de sa chambre.

— Il était bien conservé, les cheveux ras, style baroudeur. En costume, mais tu sentais les muscles qui tendaient les coutures. Ce devait être un ancien mercenaire ou un militaire à la retraite. Un garde du corps, ce genre-là, il y en a toujours dans ces hôtels. Quand leur client est couché ils s'emmerdent.

— Alors ils se tapent la harpiste.

— Évidemment, ce n'est pas pour échanger autour de Bartók.

— Tu as des copines qui montent ?

— Tout le monde ne gagne pas bien sa vie avec la musique, répondit-elle, en baissant les yeux.

— Charlie ?

— Quoi ?

— Tu n'y es pas allée, quand même ?

— Ben non, j'aurais fait quoi de la harpe ? (Comme je restais coi, elle poursuivit.) On n'a pas le droit de la laisser dans la salle de restaurant, alors je l'aurais emportée dans la chambre ? Franchement pas discret.

Puis elle se tut et m'observa du coin de l'œil, tandis que mon cerveau vidangeait son sang dans mes pieds.

— Oh la tête ! Mais tu gobes tout, toi, c'est pas possible !

Elle éclata de rire. J'étais soulagé, mais j'avais envie de la gifler.

— Rien du tout, je ne t'ai pas crue une seconde, me défendis-je.

— C'est ça, oui. T'es quand même gonflé, tu crois vraiment que je serais capable de me prostituer ?

— Non. D'ailleurs tu n'as pas dit que tu l'avais fait.

— Mmouais, tu t'en sors comme tu peux.

— Charlie, tu n'es pas obligée d'aller jouer dans les hôtels, en plus du reste. On a besoin de fric, mais on n'en est pas là.

On n'en était pas loin quand même. L'arrivée du printemps sonnait le moment du grand nettoyage dans les espaces verts, mais le nombre de plates-bandes avait drastiquement diminué depuis que la société dans laquelle je travaillais avait perdu deux marchés publics. Les traites de la voiture s'ajoutant à celles de l'emprunt, il nous restait à peine de quoi acheter ce que nécessite un enfant en bas âge, c'est-à-dire énormément de choses. Charlie m'avait confié qu'elle aurait aimé offrir à son Aphrodite la compagnie d'une de ces harpes américaines qui la faisaient rêver, mais la chose n'était pas près d'arriver.

— Ce n'est pas que pour l'argent, j'en profite pour étudier mes partitions. Au début je place une pavane et deux préludes de Bach, j'enchaîne avec quelques standards de Sinatra, au bout d'une demi-heure je donne l'estocade avec « Comme d'habitude ». Ensuite je suis tranquille pour déchiffrer un moment. Comme ça, je m'avance dans mon travail, et on passe plus de temps ensemble…

J'acquiesçai, dubitatif. Charlie avait besoin de se retrouver en tête à tête avec son instrument, sans partenaire, sans chef et sans public. Alors je savais bien que même après trois heures au Ritz, à son retour elle déhoussait la harpe, attrapait une partition et lâchait ses doigts sur les cordes, comme des chevreaux retrouvent les prés après le confinement hivernal. Mais j'appréciais qu'elle essaie de donner le change.

Ma mère disait que le son de la harpe était plus efficace pour soulager ses douleurs que n'importe laquelle des substances chimiques de la pharmacopée.

— Il faudrait en faire rembourser l'usage par la Sécurité sociale ! Qu'en pensez-vous Charlie ? Dites-moi, combien vous touchez pour un concert ?

— Ça dépend du lieu et du type de formation.

— Par exemple dans ces hôtels de luxe, là, où Basile m'a dit que vous alliez jouer pour les goûters de riches.

— Après la commission de l'agent, soixante euros.

— Soixante euros ? Ah oui, ce n'est pas bézef. C'est le prix d'une consultation chez un spécialiste. Et, entre nous, ce n'est pas le même genre de musique. Moi, à ce tarif-là, le chirurgien m'a annoncé qu'il allait m'enlever deux mètres d'intestin !

Ma mère avait un cœur énorme, qu'elle tentait de dissimuler sous une couche de désinvolture. Les derniers temps, elle n'avait plus la force de se lever, mais voir Lola courir autour de son lit semblait pouvoir la maintenir en vie éternellement. Nous lui rendions visite tous les trois, au moins une fois par semaine, et Charlie avait eu l'idée d'emporter la harpe troubadour.

— Oh merci, murmurait ma mère, en déplaçant sa main si frêle sur celle de Charlie. Quand vous jouez, j'oublie beaucoup de choses. Puis elle ajoutait : Basile, tu veux bien couper l'oxygène ?

— Mais maman, tu en as besoin.

— Le temps d'un morceau ou deux… ça fait un boucan du diable, ça m'empêche d'apprécier la musique, et puis de toute façon…

— De toute façon quoi ? la reprenais-je.

— Tu le sais très bien.

Je ne répondais pas, assommé par la colère. J'aurais aimé pouvoir me dire que le respirateur installé au chevet était un appareil de ménage, que le pied de perfusion supportait un abat-jour, que la femme qui m'avait donné la vie, et dont la peau était devenue aussi fine et transparente qu'une feuille de papier-calque, était immortelle, mais je n'y arrivais pas. Je me réfugiais dans le silence et Charlie prenait tout en charge. Elle fermait elle-même le robinet à oxygène, le chuintement cessait, puis elle se mettait à jouer. Lola grimpait sur le lit pour écouter, allongée contre sa grand-mère. Je n'étais pas révolté contre le cours naturel de la vie, mais contre moi, qui ne parvenais pas à l'accepter. Ma propre souffrance me rendait incapable d'adoucir les derniers instants de la vie de ma mère. Heureusement, Charlie savait composer avec la réalité. En jouant, elle prodiguait tendresse et réconfort. Finalement, la seule part de moi qui réussissait à se rendre utile était logée en Lola, au plus profond de ses cellules, et quand je voyais la main de ma mère passée autour de l'enfant, je me souvenais qu'autrefois j'étais à cette place, et je me mettais à pleurer.

Le jour de l'incinération, Charlie choisit d'emporter l'Aphrodite. Il fallait que ça sonne et la troubadour n'avait pas assez de coffre pour un tel hommage. Lola avait insisté pour accompagner sa grand-mère lors de son dernier voyage, quoique, avec ses premiers mots, elle parvînt difficilement à s'expliquer, mais sa volonté obstinée de ne pas quitter le cercueil de chêne était éloquente. J'étais donc monté avec ma fille dans le corbillard et sur le chemin du funérarium nous regardions Charlie qui nous suivait au volant du 806.

— Harpe ? dit Lola.

— Oui, maman va jouer de la harpe pour mamie…

La petite fille se blottit contre moi et resta songeuse tout le reste du trajet.

À l'arrivée, nous descendîmes par les portes latérales du corbillard, tandis que les croque-morts ouvraient le hayon arrière. Je me rendis auprès du 806, qui s'était garé juste à côté, et fis de même.

La plupart des amis de ma mère qui étaient présents et quelques cousins de sa génération se rapprochèrent avec curiosité. Arrivé à un certain âge, on a plus fréquemment l'occasion de voir des cercueils que des harpes. Charlie me rejoignit et nous empoignâmes la harpe au moment où les croque-morts saisissaient le cercueil. Puis, dans un mouvement synchrone, l'instrument de musique et la bière qui contenait ma mère furent extraits des véhicules et transportés à l'intérieur du bâtiment, suivis par un cortège silencieux et recueilli.

Nous marchâmes ainsi, oserai-je dire de concert, jusqu'à la salle de cérémonie, où le cercueil fut déposé sur un tapis roulant, alors que Charlie déhoussait sa harpe et s'installait face à l'assemblée qui prenait place. Ma femme s'assit derrière son instrument, restant une minute ou deux rigoureusement immobile, les mains posées sur ses genoux, les yeux fermés, comme en attente d'un mystérieux signal. Puis, subitement, le silence absolu de notre recueillement fut ébranlé par les notes cristallines que ses doigts faisaient jaillir des cordes. Jamais, je n'avais entendu Charlie interpréter pareille musique. Plus tard, elle me dirait qu'il s'agissait d'une pièce de Steve Reich, composée à l'origine pour six marimbas, qu'elle avait adaptée pour la harpe. Les sonorités se répétaient à l'infini sous forme de cellules que, seules, venaient moduler d'infimes variations. Ainsi, à la manière d'un lent mouvement océanique, la réitération des motifs absorba ma douleur jusqu'à ce que le cercueil de ma mère eût totalement disparu de l'autre côté de la trappe métallique. Puis ce fut le silence à nouveau.

Quand Lola entra à l'école maternelle, Charlie sentit résonner en elle de nouvelles cordes et proposa d'animer des stages de découverte de la harpe auprès d'une association du quartier. Chaque jeudi après-midi, elle succédait à un cours d'apprentissage du français destiné aux migrants, dans des locaux mis à disposition par la mairie. Son public était varié, recouvrant aussi bien des enfants désireux d'embrasser une carrière de bonne fée à la *Peau d'Âne*, que des Bretons rescapés de la lutte pour l'indépendance, avides de parfaire leur culture celte. De temps en temps, sa présentation était délocalisée, et elle allait porter la bonne parole à l'Ehpad voisin ou à la maison des femmes. Je me demandais ce qui la poussait à faire cela en plus de tout le reste. Comme d'habitude, c'était une course forcenée, au sortir d'un concert, ou entre deux répétitions, pour traverser Paris et rejoindre le local. Je crois qu'elle vivait une telle passion avec son instrument qu'elle ne pouvait rester sans la partager. Ce prosélytisme me paraissait moins toxique que d'autres et je l'écoutais avec bienveillance me transmettre son *retour d'expérience*, comme on dit dans le milieu associatif.

— J'étais en train de montrer la position des épaules à un petit qui avait un rhume monstrueux et il a éternué sur les cordes ! Du coup, j'ai été obligée de passer tout le jeu au gel bactéricide, sinon, ils se seraient contaminés les uns après les autres. Et comme après j'allais à la maison de retraite, ça pouvait être dangereux pour des personnes vulnérables.

Je fixais ses lèvres, tandis qu'elle parlait, j'enviais son énergie généreuse, je la voyais effectuer dans mon existence une course aussi rassurante et immuable que celle du soleil dans le ciel. Je pensais que rien ne pourrait jamais interrompre cette dynamique, jusqu'à ce coup de téléphone de la gendarmerie. C'était un jeudi de janvier, alors que je la croyais arrivée à son atelier.

— Votre femme a été victime d'un accident de voiture sur l'autoroute A1. Elle a été transportée à l'hôpital Lariboisière.

— Grave ?

— Grave.

Je me serais évanoui si je n'avais pas vu Lola, à cet instant, jouant sur le tapis désert sur lequel était posée habituellement la grande harpe. Pour ma fille, je réussis à rester debout quand tout chavirait. J'allai frapper à la porte de la voisine et lui laissai l'enfant avant de foncer à l'hôpital.

Charlie avait été admise dans un service de neurochirurgie, et les infirmières m'autorisèrent à la voir au travers d'une vitre, sans me permettre d'entrer dans la chambre. Son visage était paisible, immobile, elle avait les yeux clos. Un large pansement ceinturait son front et ses cheveux blonds cascadaient depuis le bandeau sur les draps blancs. Ses deux bras reposaient de part et d'autre de son buste, exagérément longs et droits. On aurait pu croire qu'elle faisait une simple sieste s'il n'y avait eu sa jambe gauche, suspendue à une sangle tendue depuis le plafond, transpercée de plusieurs broches d'un métal brillant, comme des flèches tirées par un archer fou. J'en comptai au moins six.

— La voiture a effectué plusieurs tonneaux, m'expliqua l'interne du service. Votre femme a été victime d'un traumatisme crânien, avec un hématome sous-dural. C'est-à-dire dans la tête. Pour l'instant nous la maintenons dans un coma artificiel et nous suivons l'évolution de l'hématome. En fonction de cela, les médecins prendront la décision d'intervenir dans les heures qui viennent.

— Cela signifie quoi, intervenir ?

— Trépaner et tenter d'évacuer l'hématome pour éviter qu'il ne comprime le cerveau.

— Ouvrir son crâne ?

— Oui, monsieur.

Cette fois, Lola n'étant pas là pour me retenir du bon côté du monde, je m'abattis, comme un tronc au dernier coup de hache. Lorsque je repris conscience, j'étais allongé sur le lino, avec la moitié du personnel penché au-dessus de moi.

— Ça va, ça va, dis-je, en m'appuyant sur le bras de l'interne pour me relever. Excusez-moi, je suis désolé. Je crois que je me suis évanoui.

— Ne vous inquiétez pas, monsieur, vous avez fait un malaise vagal.

— Un peu plus et vous en aviez deux de la famille, lâchai-je, sans faire rire personne.

Je refusais de prendre au sérieux le péril qui menaçait Charlie. Blaguer était mon ultime atout, la seule manière que j'avais de conserver un semblant d'initiative.

— Et sa jambe ? relançai-je.

— Écoutez, pour ça ils ont paré au plus pressé, elle a plusieurs fractures. Les chirurgiens devront certainement réintervenir. Mais vous l'avez compris, ce n'est pas ce qui nous inquiète en priorité.

— J'ai bien compris, oui… mais ce sont vraiment de sales fractures, alors ?

Je récupérais, passé l'effroi des premiers instants. Mon propre cerveau se devait de fonctionner pour deux, et je commençais à entrevoir l'étendue de la problématique telle que Charlie l'aurait perçue si elle avait été consciente.

— Nous ici, monsieur, on est spécialisés en neurochirurgie, vous devrez voir le service d'orthopédie pour plus d'informations, ce sont eux qui ont posé les broches en attendant de faire mieux.

— De faire mieux ? Ça veut dire qu'elle risque d'avoir des séquelles ? De boiter ?

Ils me regardaient, effarés, et un rien condescendants. Évidemment, je m'inquiétais de savoir si ma femme allait recouvrer la mobilité normale de ses jambes, alors qu'ils me parlaient de lui ouvrir le crâne. Pauvre type, va.

— C'est parce qu'elle a des pédales à bouger, ajoutai-je.

— Pardon ?

— Vous savez où est la voiture ? le questionnai-je, subitement. Où ils l'ont mise ?

— Je ne sais pas, il faudrait demander aux gendarmes.

— Oui, bien sûr…

— Monsieur, vous êtes choqué, vous devriez vous reposer un peu.

— Oui, oui, mais je veux voir sa voiture d'abord. Je peux vous appeler pour prendre de ses nouvelles ?

La surveillante du service acquiesça et me communiqua sa ligne directe.

Je savais ce qu'ils pensaient, mais j'avais un coup d'avance sur eux. Le cerveau de Charlie allait cesser de saigner et cet hématome se résorberait comme le pinçon insignifiant qu'il était. Ce n'étaient pas deux ou trois tonneaux sur l'autoroute qui pouvaient arrêter la musique. Je n'étais pas croyant, mais j'avais la foi en une justice immanente. Une personne comme Charlie méritait de vivre. Lola méritait de connaître sa mère. Les journées avec elle méritaient de se poursuivre, longues et heureuses.

Depuis le métro j'appelai ma voisine et pris des nouvelles de Lola, puis je contactai la gendarmerie au numéro qu'ils m'avaient laissé. J'en appris plus sur les circonstances de l'accident, le visionnage des caméras de l'autoroute avaient mis en évidence un comportement brusquement erratique du véhicule. D'après eux, Charlie s'était endormie au volant et avait perdu le contrôle du 806. En plein milieu de l'après-midi.

— Elle était épuisée ce matin, confirmai-je, au gendarme. Elle revenait de jouer à Lille quand elle a eu son accident. Elle a fait l'aller-retour dans la journée. Elle travaille non-stop. Elle n'arrête jamais. Elle avait rendez-vous avec les enfants, et puis après avec les personnes âgées…

— Excusez-moi, monsieur, m'interrompit-il, elle fait quoi, votre femme ?

— Harpiste.

Il y eut un long silence au téléphone.

— Vous ne pouvez pas comprendre, ajoutai-je.

J'arrivai à la préfourrière de Paris Nord, dans un vague terrain grillagé, aménagé sous le boulevard périphérique. Le fonctionnaire posté à l'accueil me regarda d'un mauvais œil quand je demandai à voir le 806. Le véhicule avait été placé sous scellés et je n'avais pas le droit d'y toucher.

— Normalement, quand il y a quelqu'un de blessé, il y a une enquête de police, et là, vu l'état de la voiture… croyez-moi, c'est sérieux.

— Je sais très bien que c'est sérieux, plaidai-je, c'est ma femme qui conduisait. Elle est dans le coma. S'il vous plaît, j'ai besoin de jeter un œil. C'est important pour moi. Je ne toucherai à rien. Je vous en prie.

Quelques minutes plus tard, nous marchions entre les pylônes sous le ruban de béton du périphérique. Le bruit assourdissant de la circulation créait un contraste saisissant avec l'immobilité des centaines de voitures alignées sous nos yeux. Celles des premières rangées étaient intactes, enlevées pour stationnement illégal, attendant que leurs propriétaires viennent les récupérer, puis, à mesure que nous avancions, les carrosseries se bosselaient ou disparaissaient sous une épaisse couche de poussière, des rétroviseurs et des morceaux de pare-chocs jonchaient le bitume, celles-ci étaient oubliées depuis longtemps. Enfin, nous arrivâmes aux véhicules accidentés, carcasses tordues, déchiquetées, et je sentis poindre un fort sentiment de malaise. Le fonctionnaire, après avoir vérifié sur sa liasse de papier, me désigna un emplacement.

Je marchai lentement en direction de la forme torturée de ce qui avait été notre voiture. Le toit était enfoncé, le côté droit, béant, comme déchiré par un ouvre-boîte monstrueux, les quatre pneus étaient tournés à angle droit en dedans, les essieux brisés. Seul le côté gauche de l'habitacle au niveau du volant paraissait avoir été grossièrement épargné. La porte était coupée en deux selon une section verticale nette, sans doute causée par les pompiers qui avaient désincarcéré Charlie, et je compris qu'elle n'avait eu la vie sauve qu'à la faveur d'une chance miraculeuse. À dix mètres, je ne me faisais guère d'illusions sur la scène que j'allais découvrir à l'intérieur, pourtant j'avançai, animé par l'espoir d'un second miracle. Toutes les vitres avaient explosé, le sol autour de la voiture était constellé de fragments de verre déposés en même temps que la voiture. Je m'arrêtai contre la rubalise et entrevis une large esquille de bois verni par la fenêtre arrière. Je me penchai pour découvrir la carcasse de la harpe. Sous la violence du choc, elle s'était brisée en plusieurs morceaux qui avaient déchiré la housse. La colonne était vrillée sur elle-même, fracturée par endroits, dévoilant la tringlerie démantelée. Les câbles de cuivre apparaissaient comme des tendons au travers de plaies béantes. La chair nue du bois était visible sous la table d'harmonie éventrée. Les cordes, à la manière de nerfs mis à vif et déconnectés, tremblaient dans l'air empoussiéré, émettant d'ultimes vibrations d'agonie. Le socle s'était disloqué et les pédales de cuivre gisaient dispersées dans l'habitacle. Du chariot, il ne restait qu'un amas de tubes d'aluminium tordus, mêlés à des fragments méconnaissables de pièces ouvragées. Un jet de gouttelettes sombres avait maculé la couverture d'une partition.

Je ne sus alors ce qui m'affecta le plus, cette vision de destruction, ou l'idée que si Charlie s'en tirait elle aurait elle-même à affronter un tel chaos.

La passion que ma femme entretenait pour la harpe avait failli la tuer. Le terme « symbiose » aurait mieux décrit cette relation particulière. Comment ne pas y penser en découvrant successivement leurs deux corps pareillement brisés, leurs fonctions vitales suspendues à un fil cet après-midi de janvier ? Unis dans une même fatalité. J'aurais pu haïr cet instrument envers lequel j'avais éprouvé les sentiments les plus tranchés, le percevant tantôt comme un ami, tantôt comme un rival. Lui accordant, sans doute à tort, des attributs presque humains, dont l'encombrement n'était pas le moindre. Au lieu de ça, j'avais ressenti une infinie tristesse après ma visite à la fourrière. Que je le veuille ou non, j'avais moi aussi perdu une proche. Et lorsque, à l'issue de l'enquête policière et après le passage des divers experts d'assurance, on m'avait prévenu que l'épave du 806 ainsi que son contenu allaient finir dans une casse, entre les mâchoires d'une presse hydraulique, j'avais été profondément bouleversé, n'osant même pas l'annoncer à Lola, qui me demandait souvent où était passée la grande harpe.

Près de six mois après les événements, je marchais sur cette longue plage de la côte d'Opale. La mer retirée avait abandonné des poches d'eau dans lesquelles le bleu du ciel se reflétait aussi précisément que dans un miroir. Je flânais entre ces flaques d'azur, songeant aux six années qui venaient de s'écouler. Aujourd'hui marquait l'anniversaire de ma rencontre avec Charlie, un 14-Juillet de plus, mais qui n'avait jamais été pour nous une date comme les autres. Le feu d'artifice allait être tiré dans quelques heures, les curieux et les vacanciers affluaient, déployant un patchwork de couvertures et de parasols au bas des dunes, jusqu'au pied du centre de rééducation fonctionnelle où Charlie avait été admise le mois dernier. Le vaste cube de béton clair posé au bord de la plage, adossé à un centre hélio-marin, comprenait une fondation spécialisée dans la convalescence des sportifs de haut niveau. Le statut de musicienne professionnelle de ma femme lui avait permis d'intégrer cette unité, quoique les kinés fussent plus que réservés sur la possibilité qu'elle récupère une mobilité équivalente à celle d'avant l'accident. La médecine d'urgence a ceci de commun avec la médecine de guerre qu'elle s'attache à sauver l'essentiel. Dans le cas de Charlie, tout avait été fait pour son cerveau, un peu moins pour sa jambe gauche. Poussés par la nécessité d'agir vite, les chirurgiens, en réduisant les fractures, n'avaient pas réalisé un alignement parfait des os. Lorsqu'elle avait émergé de son coma, sa jambe gauche mesurait deux centimètres de moins que la droite. Une telle différence était invalidante, et forcément pénalisante pour la pratique de la harpe. Les médecins qui défilaient pour vérifier que leur patiente recouvrait convenablement ses fonctions intellectuelles, furent rassurés en constatant qu'une idée fixe, mais sensée, l'animait désormais : Charlie voulait qu'ils lui recassent la jambe le plus rapidement possible, qu'ils remettent son tibia tout droit, qu'ils y vissent autant de plaques que nécessaire, afin de supprimer ce décalage. Et c'est ce qu'ils firent.

Déplâtrée depuis peu, ses progrès étaient stupéfiants. Elle alternait séances de kinésithérapie, musculation, travail en piscine, au rythme d'une championne s'entraînant pour les prochaines olympiades. Cependant, si l'ensemble des soignants s'accordait à dire qu'elle rejouerait de la harpe, nul ne voulait parier qu'elle pourrait à nouveau intégrer un orchestre professionnel. En dehors de ses séances, un repos absolu lui avait été prescrit. Mais vous connaissez Charlie : elle n'en faisait qu'à sa tête, et que celle-ci soit désormais percée d'un trou dans la zone temporale ne changeait rien à sa détermination. En attendant de récupérer ses jambes, elle avait décidé de ne pas perdre ses doigts, et m'avait demandé de lui apporter la harpe de barde. Elle s'y exerçait, assise face à la mer sur la terrasse du centre, aussitôt qu'elle avait un moment de libre. Jamais elle n'évoquait le destin de l'Aphrodite, comme dans certaines familles endeuillées on répugne à prononcer le nom du disparu, ce qui relevait de la prouesse car le gouffre creusé au milieu de sa vie, de la nôtre, était gigantesque. Déni de réalité ? Peur de souffrir davantage encore que dans sa chair ? Je me demandais ce que cachait son comportement, néanmoins je respectais la manière qu'elle avait de vivre l'après et gardais confiance en la voyant sourire à Lola, l'enlacer, la couvrir de baisers à chacune de ses visites. Avoir frôlé la mort semblait avoir démultiplié son appétence pour la vie. Charlie travaillait. Ses pensées tournées vers l'avenir, pas vers le passé. Je tentais de l'imiter, et à mesure que le temps passait, la silhouette de l'Atlantide devenait floue dans ma mémoire. J'aurais pu en revoir une, au milieu d'autres harpes de concert, en vitrine d'un magasin, et ne pas la reconnaître au premier coup d'œil.

Au début du mois, Lola avait rejoint ses grands-parents à la campagne et j'avais décidé de célébrer dignement l'anniversaire de ma rencontre avec sa mère. Étant donné la quantité d'antalgiques distribuée aux patients en rééducation, ainsi que la précarité de leur équilibre, l'alcool n'était pas vu d'un bon œil dans l'établissement. Je poussai donc la porte du centre en dissimulant une bouteille de champagne sous mon blouson et trottinai jusqu'aux escaliers, désireux d'éviter toute confrontation embarrassante dans l'ascenseur. Le couloir du deuxième étage où résidait Charlie était désert. C'était l'heure du dîner. Ceux des convalescents qui le pouvaient se trouvaient au restaurant du rez-de-chaussée, les autres mangeaient dans leur chambre. Je tendis l'oreille en arrivant devant la 212. Silence, je frappai doucement et entrai.

Charlie m'apparut de dos, engloutie dans le fauteuil en skaï posté en face de la fenêtre. Sa tête oscillait régulièrement, ses coudes, animés de mouvements rapides, dépassaient de part et d'autre du dossier. Elle jouait, évidemment, bien qu'aucune musique ne résonnât dans la pièce. J'entendais, seules, les étreintes brèves de ses doigts sur les cordes. Les cordes d'un violon ou d'une guitare se frottent, celles d'un piano se frappent, mais celles de la harpe se pincent. Le pincé de la corde n'est pas donné au premier jour, il s'acquiert avec l'expérience, s'effectue avec la pulpe, les doigts recourbés, avec un léger toucher de l'ongle. Attention, il y a une longueur d'ongle idéale. Quand celui-ci est trop long, il assèche le son, cela s'entend. Charlie se trimballe toujours avec un coupe-ongles sur elle.

— Charlie ?

Elle sursauta et se retourna vivement, soulagée de me reconnaître.

— Tu m'as fait peur, dit-elle, en se levant avec l'empressement que lui permettait sa jambe encore raide.

— Mais qu'est-ce-que tu fabriques ? m'exclamai-je en découvrant son instrument.

— Je n'ai pas le droit de jouer dans la chambre, alors j'étouffe le son.

Elle avait enroulé des tours et des tours de papier toilette à la base de chaque corde, ce qui les empêchait de vibrer. Elle en avait mis aussi au sommet, sur les chevilles. On aurait dit que la petite harpe avait été permanentée par un coiffeur sous acide.

— Je n'ai pas envie de finir comme Assurancetourix, bâillonnée et attachée à un arbre. Y a pas le son, mais c'est bon pour les doigts.

Je vis passer un éclair étrange dans son regard, puis je m'aperçus qu'après avoir déposé la harpe sur le lit, elle cachait ses mains dans son dos.

— Fais voir tes mains ?

— Non, ça va, t'inquiète.

— Charlie…

J'attrapai son bras droit et le ramenai en douceur vers moi. Résignée, elle ouvrit sa paume. Ses pulpes présentaient des ampoules de la taille d'une olive. Ça, j'avais déjà vu. Mais tendues et pleines d'un liquide rouge, jamais.

— Ce sont des ampoules de sang. Je me suis trop entraînée.

Elle avait les mêmes à la main gauche.

— Charlie, ils t'ont dit d'y aller molo. Il faut te ménager si tu veux récupérer, lui rappelai-je, tout en sachant pertinemment qu'elle était en avance sur les prévisions les plus optimistes de son programme. Mais comment rester muet face à de tels stigmates.

— Ce n'est rien, je te dis… elles vont se percer et ça séchera.

— Tu joues souvent dans la chambre ?

— La nuit.

— La nuit ? En plus de tes exercices sur la terrasse ?

— Oui, toutes les nuits, avoua-t-elle.

Je m'assis sur le lit, me demandant si elle cherchait à expier quelque chose.

— Mais j'ai fini pour aujourd'hui. À moins que tu veuilles un concert pour sourds, proposa-t-elle, malicieuse.

Je l'attirai vers moi en douceur. Je n'avais pas envie de la réprimander. Elle avait payé cher, déjà.

— Et cette jambe ?

— Elle va de mieux en mieux.

Elle résistait légèrement à mon invitation, préférant rester debout devant moi.

— Tu sais, l'année prochaine, ils vont ouvrir une place à l'orchestre du Capitole, à Toulouse, lâcha-t-elle. J'ai envie de postuler au concours. Je crois qu'il serait temps que je trouve une place à demeure. Non ?

Je restai muet et réfugiai mon visage contre son buste, passant mes bras autour de ses reins, l'étreignant pour éviter de croiser son regard. Qu'aurait-elle vu dans mes yeux à cet instant, à part du doute ?

— Depuis qu'ils ont recruté un jeune chef russe, poursuivit-elle, ils ont un son d'enfer. C'est mieux que le National, c'est l'orchestre où il faut être. Je vais m'entraîner comme une bête pour revenir au niveau. Un an, ça me laisse le temps de monter un programme.

Je hochai la tête timidement. Ses mains se glissèrent de part et d'autre de mes joues. Elle me força à la regarder en face.

— Tu n'y crois pas ? Tu crois que je ne peux pas y arriver ? C'est ça ?

— Je ne sais pas, répondis-je, mal à l'aise. Les médecins sont plutôt optimistes, n'empêche que…

— Les médecins ? m'interrompit-elle. C'est tout ce qui t'inquiète ? L'avis des médecins ?

— Disons que je les écoute.

— Ils ne sont pas dans mon corps, les médecins. Personne n'y est.

Cette fois, elle vint s'asseoir à califourchon sur mes cuisses, en déplaçant sa jambe gauche avec précaution.

— Tu vois, ça je peux le faire… Si je peux faire ce mouvement, je peux rejouer de la harpe.

Cela faisait six mois que nous n'avions plus été si proches. Sa chaleur infusait en moi et je réalisais à quel point je n'aurais été qu'une version mineure de moi-même si je ne l'avais pas rencontrée.

— Je croyais que tu allais me dire que je n'avais pas le niveau comme musicienne pour Toulouse, reprit-elle.

— Franchement, Charlie, ça, je ne sais pas.

— Ou que tu ne voudrais pas bouger là-bas, si je réussissais.

— Mais si, c'est une région super, répondis-je, aussitôt. J'y trouverai forcément du boulot. Et pour Lola, ce serait peut-être mieux que d'être élevée à Paris.

— Alors ?

Je n'avais plus peur de la regarder droit dans les yeux. Charlie avait raison, ce n'était pas deux ou trois tonneaux et quelques os brisés qui allaient nous empêcher d'avancer. S'il le fallait, je la porterais moi-même jusqu'à l'entrée du concours.

— Alors, on va fêter ça, dis-je en lorgnant sur la bouteille posée à côté de moi, à laquelle elle n'avait jusque-là jeté qu'un regard distrait.

— Tu sais que je n'ai pas le droit de boire de l'alcool.

— Et t'arracher les doigts, tu as le droit ?

— OK, un partout, conclut-elle en faisant parcourir à ses lèvres les derniers millimètres qui les séparaient encore des miennes.

Après ce baiser, je la dévêtis entièrement, avec lenteur, pour ne pas la casser.

Je ne sais quelle fut la part de l'alcool ou de l'abstinence forcée de ces derniers mois, mais lorsqu'un feu d'artifice est réussi on ne se préoccupe pas d'applaudir la mèche, l'explosif ou la fusée. À vingt-deux heures, nous fûmes réveillés par les premières déflagrations. Dans la pénombre de la chambre, les aplats des feux de Bengale éclairaient le satin de sa peau, et projetaient l'ombre de nos deux corps unis sur les murs de la chambre. Après un entremêlement si vigoureux nous avions sombré dans un sommeil lourd. J'étais désorienté. Je me demandais où j'étais, jusqu'à ce murmure à mon oreille :

— Bon anniversaire, mon amour.

J'eus beau fouiller ma mémoire. Le mot « amour » me sembla inédit. J'empoignai sa main pour retenir le moment.

— Tu veux aller voir le feu d'artifice sur la terrasse ? proposai-je.

Nous nous rhabillâmes en hâte dans l'obscurité fragmentée par les couleurs, puis nous sortîmes vers la terrasse, située à l'extrémité du couloir.

En surplomb de la plage, une trentaine de patients se tenaient aux premières loges, certains appuyés sur des béquilles, d'autres en fauteuil roulant. Je fus frappé par leur jeunesse. De leurs corps abîmés émanait une énergie quasi palpable. Ils se réjouissaient des étoiles ajoutées au ciel, des teintes posées en mer. Je repensai à la façon éclatante dont Charlie venait de me démontrer qu'elle recouvrait souplesse et usage de ses jambes.

Une infirmière l'aperçut et se leva, lui proposant sa chaise, au moment où une série de fusées blanches furent tirées, nous éclairant comme en plein jour, figeant le visage de la femme dans un masque de stupeur.

— Mais qu'est-ce qui vous arrive ? s'alarma-t-elle.

Je crus d'abord qu'elle s'adressait à Charlie, que mon amoureuse avait imposé trop d'efforts à sa jambe, qu'elle s'était blessée et boitait exagérément, puis je pris conscience que c'était moi l'objet de la préoccupation de l'infirmière. J'interrogeai Charlie du regard qui, à son tour, écarquilla les yeux en me dévisageant.

— Quoi ? Qu'est-ce qui se passe ? paniquai-je.

À la lueur d'un nouvel éclair, une adolescente en béquilles se retourna et étouffa un cri avec sa main.

— Mon Dieu, vous êtes blessé ? demanda l'infirmière.

— Non…

— Mais vous avez du sang plein la figure !

Les spectateurs de la terrasse se détournèrent du feu d'artifice. Ils me scrutaient, comme si j'étais le rescapé d'un terrible accident, envoyé en rééducation avant qu'on lui ait nettoyé le visage. À côté de moi, Charlie ne put retenir un sourire gêné en examinant les pulpes de ses doigts dont les ampoules s'étaient percées pendant que nous faisions l'amour.

Sur la photo, Lola avait l'air d'un chérubin avec ses boucles blondes qui, pour une fois, lui découvraient les yeux. Aux États-Unis, on ne plaisante pas avec le passeport biométrique. À quatre ans comme à quarante, le visage doit être visible, car il n'y a pas d'âge pour épouser les thèses marxistes ou pour fomenter un détournement d'avion. L'officier de l'immigration réussit l'exploit de ne pas sourire à l'enfant, en lui rendant le document. Avant de mettre les pieds dans ce pays, j'étais persuadé que personne ne pouvait résister à sa petite bouille craquante, mais ce type-là avait à peu près autant d'empathie qu'un parpaing. Il grommela une question sur le but de notre séjour. À laquelle nous répondîmes : « Le tourisme. » Ce qui était faux. En grande partie.

L'aéroport international de Chicago est l'un des plus étendus du monde, l'un de ceux dont le trafic aérien est le plus dense, où les conditions climatiques sont les plus mauvaises et où les horaires d'arrivée et de départ sont le plus constamment bafoués, d'où le sentiment d'être au milieu d'une fourmilière malmenée qui s'empara de nous, une fois nos bagages récupérés. Voulant consulter mon portable, je commis l'erreur de lâcher la main de Lola. Visiblement insensible au décalage horaire, la petite détala en riant et se perdit dans le rideau mouvant des chariots à bagages et des valises de tous formats.

— Lola ! s'exclama Charlie en bondissant sur ses traces.

En quatre foulées, elle disparut à son tour dans la mêlée. Voilà. Nous étions sur le sol américain depuis moins d'une heure et j'avais perdu les deux femmes de ma vie. Je devrais dire les trois. Car Charlie était à nouveau enceinte. La naissance était prévue pour début avril, ce qui signifiait que l'enfant avait été conçue le 14 juillet dernier. Notre exploit au centre de rééducation et la publicité qui s'était ensuivie nous ayant conduits à ne pas renouveler l'expérience, nous n'avions aucun doute sur la date de la conception. En attendant de les voir réapparaître, je tournais et retournais, non sans satisfaction, l'idée que nous avions fait entrer clandestinement une forme de vie dans ce pays rétif à l'introduction d'un saucisson ou d'un plant de campanules. Chacun mène les combats qu'il peut.

Quelques minutes plus tard, Charlie réapparut, se frayant un chemin en boitillant au milieu de la foule. Elle portait Lola qu'elle avait retrouvée, endormie à même le sol, contre un pilier. La petite avait dû prendre peur et avait choisi de se débrancher en attendant que sa maman arrive. C'était son truc. Après une forte émotion, elle se réfugiait dans le sommeil, aussi soudainement que d'une chiquenaude on envoie valdinguer une allumette. Quel que soit le lieu où elle se trouvait, l'agitation autour d'elle, la pluie ou le soleil. Au début, la méthode surprend, voire inquiète les jeunes parents, ensuite ils la jalousent. Que n'avions-nous, nous autres adultes, cette faculté de résoudre un problème en le faisant disparaître, d'un simple doigt posé sur l'interrupteur ? Charlie parut soulagée de me confier Lola, qui ne daigna pas ouvrir un œil lors de son transfert, puis elle alla s'asseoir sur une banquette en massant sa jambe. Ses traits étaient tirés. Et ce n'était pas dû qu'à la fatigue du vol.

— Tu as mal ?

— Ça lance… Je n'ai pas assez bougé dans l'avion. Au bout d'un moment, ma jambe s'ankylose.

Il eût été plus prudent d'attendre encore pour entreprendre ce voyage, mais le compte à rebours du concours d'orchestre était lancé. Charlie voulait absolument se rendre à Chicago avant que sa grossesse l'en empêche.

— Et puis j'ai un peu la nausée, tu crois que tu peux me trouver un Coca ?

— On est en Amérique, ça m'étonnerait…

Trouver du Coca ici, c'est comme transpirer sous les tropiques. Il suffit de trois ou quatre mètres de marche. J'optai pour le plus petit contenant, dans lequel l'employé versa néanmoins une dose de boisson suffisante pour priver de sommeil une famille entière, puis je retournai auprès de Charlie. Mon amoureuse s'était endormie à son tour, quant à notre fille, elle pesait de plus en plus lourd dans mes bras. Je pris donc place à côté d'elles sur la banquette, décidé à nous accorder le temps d'une nécessaire récupération. Nous restâmes ainsi un long moment, immobiles, en marge du flux bariolé de l'aéroport. Après quelques minutes, et en même temps, Charlie et Lola émirent un profond soupir. Leurs globes oculaires bougèrent sous leurs paupières, tandis qu'un sourire discret se dessinait sur leurs visages. Elles étaient comme deux cœurs battant ensemble, deux instruments jouant à l'unisson la partition des songes.

Le lendemain matin, après une nuit puissamment réparatrice, nous quittâmes notre hôtel sur les bords du lac Michigan. Nous nous engouffrâmes dans le métro jusqu'à Morgan, puis nous marchâmes quelques *blocks* en direction de North Ogden Avenue. Charlie avait pris rendez-vous à huit heures trente, pile à l'ouverture du show-room, et elle était aussi excitée que Lola à qui j'avais promis une pile de pancakes de sa hauteur.

L'usine Pearl & Dale occupait le même building d'acier et de brique rouge depuis cent vingt ans. Étendu sur un *block* entier, le quadrilatère trapu de cinq étages détonait avec l'architecture élevée et innovante du centre-ville et des bords du lac. En son sein, on fabriquait les meilleures harpes du monde, et on ne se privait pas pour vous le rappeler dès l'entrée, où figuraient des photos des plus grands chefs d'orchestre du vingtième siècle ainsi que des célèbres virtuoses venus essayer un instrument. Barack Obama lui-même, Chicago oblige, prenait la pose sur l'une d'elles, négligemment appuyé contre la colonne d'une harpe finement ciselée.

La responsable des ventes, une grande brune sexy, vêtue d'un chemisier en soie et d'un denim Armani en lambeaux, nous accueillit avec allant, tout en nous priant d'excuser son côté *casual*. Le vendredi le *dress code* leur accordait quelques libertés, au rang desquelles figuraient donc les savantes et multiples déchirures dans la toile. Nous, qui venions du pays de l'élégance étions forcément sensibles à de telles nuances. *Aren't you ?* Pas si sûr, me dis-je, en nous observant tous trois, équipés de pantalons 100 % polyamide, multipoches, piochés chez Decathlon la veille du départ. Seule Charlie pouvait concourir grâce à la paire de bottines à lacets qu'elle avait enfournée dans son sac. Des chaussures emportées expressément, munies de semelles antidérapantes et dotées de talons afin de soulager son tendon d'Achille rudement mis à l'épreuve par les chirurgies successives, mais d'une taille raisonnable pour ne pas gêner les changements de pédale. La vendeuse nous pria de la suivre sur le parquet, en direction du monte-charge, dont la porte en métal riveté se manœuvrait au moyen d'une crémaillère. L'intérieur de la cabine, plaqué de panneaux de chêne, était aussi lustré que l'ascenseur de notre hôtel. Nous nous élevâmes dans les hauteurs du bâtiment, dont chaque atour du passé industriel était soigneusement entretenu. Ici, nous expliqua-t-elle, étaient réunis les ateliers de lutherie, de mécanique, les salles de vernis, ainsi que l'auditorium, les salles d'exposition et l'ensemble des bureaux administratifs. De l'usine sortaient plusieurs milliers de harpes par an, la plupart vendues aux quatre coins du monde des mois à l'avance, mais chacune était un modèle unique, entièrement assemblé et décoré à la main. Chez Pearl & Dale, il fallait au minimum dix ans pour devenir un facteur de harpes digne de ce nom. La femme s'exprimait avec ferveur, et semblait particulièrement touchée qu'une musicienne française ait traversé l'Atlantique pour sélectionner son instrument.

Évidemment, Charlie aurait pu se rendre chez le dépositaire Pearl & Dale à Paris, mais ce voyage avait un autre but. À la manière d'un pèlerinage, sa vocation était mystique. Nous entrions ici, dans la cathédrale de la harpe, par fidélité au serment que Charlie s'était fait. Si elle pouvait un jour rejouer au plus haut niveau, ce serait au moyen d'un instrument choisi ici. Grâce à la qualité de la police d'assurance qu'elle avait contractée – plus jamais je ne me moquai de sa prévoyance en la matière –, Charlie avait touché une somme confortable en compensation de la perte de l'Aphrodite. Ce type d'instrument ne perd pas de valeur en vieillissant, contrairement à d'autres, de moindre qualité, qui se vident de leur son, et ne deviennent avec le temps que bois à brûler. Au contraire, la patine des ans profite à leur chaleureuse sonorité et les assureurs ne peuvent faire moins que de les rembourser comme s'ils étaient neufs. Le décès de ma mère m'ayant laissé quelque argent en héritage, j'avais proposé à Charlie de compléter la somme, afin que son rêve se réalise. Elle n'avait accepté qu'à la condition expresse que cela soit considéré comme un prêt et pas un don, et insistait pour m'en rembourser chaque mois une petite partie. Je crois que si la mort n'est pas qu'une interruption définitive de toute forme d'existence, et s'il existe un éther où subsiste une forme de regard des disparus, alors de ce lieu, et avec ce regard, ma mère devait assister à cette transaction mensuelle avec intérêt et tendresse. Mais pour être franc, de mon point de vue, rien n'est moins sûr.

Au deuxième étage, la femme nous fit découvrir l'auditorium, un vaste espace aux murs de brique, au sol recouvert d'un parquet acajou à larges lattes, dans lequel une cinquantaine de fauteuils Louis-Philippe faisaient face à la scène, vide, installée en avant des baies vitrées qui donnaient sur la ligne des gratte-ciel de Chicago. Comme le blanc est la somme de toutes les couleurs, le silence, dans cette pièce, semblait constitué des arpèges qui y avaient été exécutés par les plus grands. Nous n'osions pas le rompre, mais notre guide n'hésita pas à le profaner, en nous indiquant que notre but se trouvait de l'autre côté, et bientôt nous pénétrâmes dans la salle d'exposition.

Près d'une soixantaine de grandes harpes étaient alignées sur trois rangées. On aurait dit une armée d'apparat, bois, cuivres, dorures et panaches attendant la revue. Pas un socle ou une console ne dépassait, seules les teintes des vernis, de modestes différences de gabarit ou les finitions ouvragées les différenciaient. Nous laissâmes Charlie avancer entre les instruments, les flairant, flattant certaines consoles, effleurant une table d'harmonie, échangeant avec notre hôte sur tel ou tel modèle de prestige. Lola se rendit compte de l'émerveillement qui saisissait sa mère et l'éloignait lentement de nous. Elle me prit la main et la serra avec émotion. Nous étions les parents observant notre enfant, au matin de Noël, qui découvre l'amoncellement de paquets au pied du sapin, sans savoir lequel ouvrir en premier.

— Je peux me laver les mains ? demanda Charlie, qui n'avait pas encore osé toucher une corde.

— Vous trouverez un lavabo à l'extrémité de la pièce, répondit la directrice des ventes.

Avant de faire ses ablutions, Charlie attrapa ses chaussures, les enfila et les laça avec des gestes lents et concentrés.

— Vous pouvez dégrossir votre choix en reprenant la même phrase sur plusieurs harpes, suggéra la directrice des ventes. Et quand vous en aurez retenu cinq ou six, prévenez-moi. Notre régisseur viendra vous les installer dans l'auditorium. Là vous pourrez les jouer et les entendre donner leur pleine mesure.

Charlie se tourna vers nous. Je savais qu'elle en avait pour un long moment.

— On va te laisser, dis-je. J'ai une promesse de pancakes à tenir.

— Vous avez une des meilleures adresses de la ville à sept *blocks* vers l'est, sourit la directrice des ventes, Good Enough To Eat. Vous prenez le métro à Morgan…

— On va marcher. Il fait beau, hein, Lola ?

Charlie vint alors se blottir contre moi et me glissa un tendre « merci » à l'oreille. Puis elle enlaça longuement Lola.

— Profite bien, dit-elle à sa fille.

Dans la rue nous nous orientâmes en direction de l'est, visant le canyon creusé entre les buildings qui s'étiraient jusqu'au lac.

— Le bébé, c'est la première fois qu'il va écouter de la grande harpe, nota Lola.

J'acquiesçai et levai les yeux au ciel, où le soleil, fermement accroché au zénith, semblait devoir demeurer. J'observai la perspective des parois en verre, bleutées, et des verticales d'acier qu'entrecoupaient régulièrement de fines façades de brique rouge. Nous parcourions Lola et moi la table d'harmonie d'une harpe démesurée, en compagnie de millions d'habitants, jetés comme de simples notes dans la partition du monde. Les premiers accords joués par Charlie cascadèrent alors par une fenêtre restée ouverte et je souris. Car c'était toujours ainsi que débutaient nos belles et longues journées.

Composition réalisée
par Rosa Beaumont

MIXTE
Papier issu de
sources responsables
FSC® C003309

FSC
www.fsc.org

L'Éditeur de cet ouvrage s'engage
pour la préservation de l'environnement
et utilise du papier issu de forêts gérées de manière responsable.

Cet ouvrage a été achevé d'imprimer en janvier 2019
dans les ateliers de Normandie Roto Impression s.a.s.
61250 Lonrai (Orne)
N° d'éditeur : 58054/01 - N° d'imprimeur : 1805582

Imprimé en France